INK INK INK INK INK INK INK
INK INK INK INK INK INK
INK INK INK INK INK INK INK
INK INK INK INK INK INK
INK INK INK INK INK INK INK
INK INK INK INK INK INK
INK INK INK INK INK INK INK
INK INK INK INK INK INK
INK INK INK INK INK INK INK
INK INK INK INK INK INK
INK INK INK INK INK INK INK
INK INK INK INK INK INK
INK INK INK INK INK INK INK
INK INK INK INK INK INK
INK INK INK INK INK INK INK
INK INK INK INK INK INK
INK INK INK INK INK INK INK
INK INK INK INK INK INK
INK INK INK INK INK INK INK
INK INK INK INK INK INK
INK INK INK INK INK INK INK
INK INK INK INK INK INK
INK INK INK INK INK INK INK
INK INK INK INK INK INK
INK INK INK INK INK INK INK
INK INK INK INK INK INK
INK INK INK INK INK INK INK

K INK INK INK INK INK INK IN
INK INK INK INK INK INK INK
K INK INK INK INK INK INK IN
INK INK INK INK INK INK INK
K INK INK INK INK INK INK IN
INK INK INK INK INK INK INK
K INK INK INK INK INK INK IN
INK INK INK INK INK INK INK
K INK INK INK INK INK INK IN
INK INK INK INK INK INK INK
K INK INK INK INK INK INK IN
INK INK INK INK INK INK INK
K INK INK INK INK INK INK IN
INK INK INK INK INK INK INK
K INK INK INK INK INK INK IN
INK INK INK INK INK INK INK
K INK INK INK INK INK INK IN
INK INK INK INK INK INK INK
K INK INK INK INK INK INK IN
INK INK INK INK INK INK INK
K INK INK INK INK INK INK IN
INK INK INK INK INK INK INK
K INK INK INK INK INK INK IN
INK INK INK INK INK INK INK
K INK INK INK INK INK INK IN
INK INK INK INK INK INK INK
K INK INK INK INK INK INK IN

INK INK INK INK INK INK
INK INK INK INK INK INK INK
INK INK INK INK INK INK
INK INK INK INK INK INK INK
INK INK INK INK INK INK
INK INK INK INK INK INK INK
INK INK INK INK INK INK
INK INK INK INK INK INK INK
INK INK INK INK INK INK
INK INK INK INK INK INK INK
INK INK INK INK INK INK
INK INK INK INK INK INK INK
INK INK INK INK INK INK
INK INK INK INK INK INK INK
INK INK INK INK INK INK
INK INK INK INK INK INK INK
INK INK INK INK INK INK
INK INK INK INK INK INK INK
INK INK INK INK INK INK
INK INK INK INK INK INK INK
INK INK INK INK INK INK
INK INK INK INK INK INK INK
INK INK INK INK INK INK
INK INK INK INK INK INK INK
INK INK INK INK INK INK
INK INK INK INK INK INK INK
INK INK INK INK INK INK

INK

文學叢書

073

冬之物語

劉大任◎著

目次

第四輯 選舉前後

第五輯 文化反思

自序

這裡編集的三十七篇文字寫於二〇〇三年五月至二〇〇四年五月。除〈邂逅小津〉發表於《印刻文學生活誌》，其餘都是台北《壹週刊》每週一次的「紐約眼」專欄作品。

寫專欄有一個無形的挑戰：如何使定期出現但內容不一題材各異的散篇文章自成統一風格？尤其是每到一年左右將這批成品收編成書，這書的調子怎麼定？

審校完這一批稿，按性質分爲五輯，發現其中有篇文章〈冬之物語〉，恰如其份地表達了這一年來的複雜心情，遂單獨挑出，列在前面，作爲書序。

書序是一座橋，從作者的自白通向讀者的興味。這裡強調的是篇名中的「冬」字。這個「冬」，顯然不只是季節，而是生命情調的象徵了。

劉大任

請讀〈冬之物語〉。

漫漫長冬，不如說說故事吧。

到了這個年紀，故事的色彩不免帶些灰色。腦子一動，眼睛一眨，總離不開遺憾，忘不了缺失。

配合著窗外的枯枝與黑雲，往黯淡的方向摸索。

生活裡，有些瞬間，可能回不來了。

譬如說，雪深風靜、爐火熊熊，用一把象骨小刀折開信封，細細閱讀遠方的來信。

電話增加了人與人之間的聯繫，卻也斷絕了綿綿思念。即興的便箋，萬金的家書，老朋友吐露心思的私函，不幸淘汰了。

我想起了王羲之。

王羲之的字，據說已無眞跡。《蘭亭集序》已殉葬，只剩雙鉤，懷仁集字的《聖教序》，原非創作。

只有《喪亂》、《奉橘》等法帖，雖屬摹本，卻保留了王字的筆勢與章法，依稀透露了作書者的意興、人格與風味。

法帖就是便箋，是一通電話便可傳達的訊息。然而，冬夜得之的快樂，何處可尋？何況，便箋出於王手，豈只是信手塗鴉？

世傳《題衛夫人筆陣圖後》有一段論書法的文字：

夫紙者陣也，筆者刀鞘也，墨者鍪甲也，水硯者城池也，心意者將軍也，本領者副將也，結構者謀略也，颺筆者吉凶也，出入者號令也，屈折者殺戮也。

以此觀之，王羲之寫一張便條，實可以指揮部署一場完美的戰爭視之，是藝術人格爐火純青後一氣呵成之作。

電話所淘汰者，何其殘酷！

電子郵件通行後，這世界日益趨於無味的走向，恐怕就更加鞏固了。爲此，我一向少打電話，更拒絕電郵。

這個復古的姿態，雖有負隅頑抗的可悲，也不免食古不化的可笑。前些時，兒子因某事必須通知我。由於內容涉及一些細節，電話不敷應用，遂發電郵一通給舍內，我收到的是打印本一紙，末段有如下字句：

至於我那位堅持活在石器時代的父親，請你將這封信的內容刻在石板上，丟在他的洞口……

我依然認爲，生命裡不能不留下一些空間，因爲我們不時還是需要把眼睛對著自己，凝視。

有一段時間，我曾在書房的空白牆上貼了四個大字：聚精會神。「聚精會神」是「凝視」的先決條件。

爲什麼需要聚精會神？正是因爲生命中全心貫注的時間太少，世界上眼花繚亂的事物過多。在瀑布一樣傾瀉的生命流程裡，每一個人的永恆，終歸不過是彈指間的幻影。則即使聚精會神深入面對生命的「凝視」狀態，又怎知日後不成爲虛無的幻影？

不妨仍以王羲之的書法爲例。

藝術理論家熊秉明先生精研書法，對王羲之的論斷不以「書聖」一類稱號空泛對待，卻能從技巧的分析入手，直探其精神內容。在技巧的分析方面，熊氏提出了三個重點：

第一，變化統一：

王字不僅在用筆與結構變化方面達到靈活與跌宕的極致，筆致與結構的統一也達到凝聚飽和的極致。就其變化而言，不僅行行之間、字字之間，即每一筆之內也含微妙的變化。而這些變化並非漫無節制（如毛澤東書法），絕不違反幾何力學的必然規律，故雖「迷離變化，不可思議」（包世丞語），卻「全篇疏密有致、生意瀰漫、渾然一體」（熊秉明語）；

第二，空間的創造：

傳統中國書畫講究「留白」。所謂「留白」，即指在黑墨製造的「實」與墨染不及的「虛」之間，創造二度甚至三度的空間。包世丞說：「（王字）筆力驚絕，能使點畫蕩漾空際，迴互成趣」。熊秉明先生的解釋是：「所謂『空際』，就是說王字能製造一個廣闊生動的空間，彷佛若有第三度的深遠。」；

第三，技巧掌握之後，反映了理性與感性的配合，即所謂「勢如斜而反正」。熊秉明先生說：「他的字不整齊，字或大或小，行與行之間的距離常不相同，每行字的排列也不垂直而下，或傾斜，或成曲線……似乎非常任意，隨手腕，隨感性，但是這些出軌卻又爲作者所控制、所意識，有呼應、有避就，自然渾成……。理性像一個機智的導演在幕後活動，然而不顯出它的威臨和統制……。」

所以，可以這麼看：王羲之的書法，技巧就是內容。內容與技巧既不可分，因此，書法在造形之外，不另立目的，不像顏眞卿等儒家書法，在「萬歲枯藤」、「危峰阻日」的後面，隱隱藏著「循規蹈矩」的孔夫子面孔。也不像董其昌一類追求疏放、閒散、寒儉那種似乎墨不飽、筆不開，那種細毫焦墨、蕭瑟荒寒的書法，作品本身，只不過是引向道家「天眞平澹」、「空靈清虛」境界的媒介。

王義之的字，實現的是技巧與人格的合一，也就是說：通過「聚精會神」的技術手段，達到的只是對個人生命本體的「凝視」。這裡完成的，除了自己的人格精神，沒有其他。這難道不就是活在當代自願做一個不想外求的無神論者的生命本義嗎！

當然，少打電話與拒絕電郵的態度，與無神論的生命哲學之間，並沒有必然的關係，這個邏輯，是不言自明的。我要說的只是：現代生活裡日新月異的新工具、新發明，對於人之所以爲人的重要本質，其實不太相干。

王義之的書法，也許不是最明顯的例子，因爲，歸根究柢，書法已經快失傳了，不妨再以電影爲例吧。

最近轟動一時的《魔戒》系列第三部《王者再臨》上演，兩個兒子意氣風發，在家裡發動革命，舍內立即歸順，硬逼我「趕上時代」，否則的話，「你跟你兒子都快沒有共同語言了云云」。

爲了不要太落伍，先租來《魔戒》頭兩部的DVD，再冒風雪排隊，到電影院朝聖。然而，雖然這麼努力，代溝似乎並未消失。看完兩部DVD，我已意興索然。熱烘烘的電影院，加上大銀幕和立體聲效，都沒能把我喚醒，我確實上映不到半小時便睡著了。

爲了向太座表示消除代溝的誠意，我特地買到了溝口健二的《雨月物語》，小津安二郎的《秋刀魚の味》和成瀨巳喜男的《浮雲》，要求我的下一代仔細觀賞評比。

結果正如預料，他們也都看不完便睡著了。

看來，每一代或甚至同一代的每一個人，只能用自己的特殊方法來「聚精會神」，來「凝視」自己了。

我不能狂妄，更不能像毛澤東一樣，要求自己的下一代，要求別人，甚至要求普天下所有人，都遵照自己頓悟或漸悟的某一套程式，或興風作浪，或縱身大化，去追尋體現自己生命的意義。

我只能要求自己，或少數幾個不打電話不電郵的知心朋友，還是寫信吧，即便我們都已從王義之那樣的世界，退化到只會使用原子筆的地步。

多無味的冬之物語，不過，如將這批文字當作老朋友的遠方來信讀，也未嘗不可。

二〇〇四年七月十七日

改寫於「無果園」

第一輯

白色恐怖

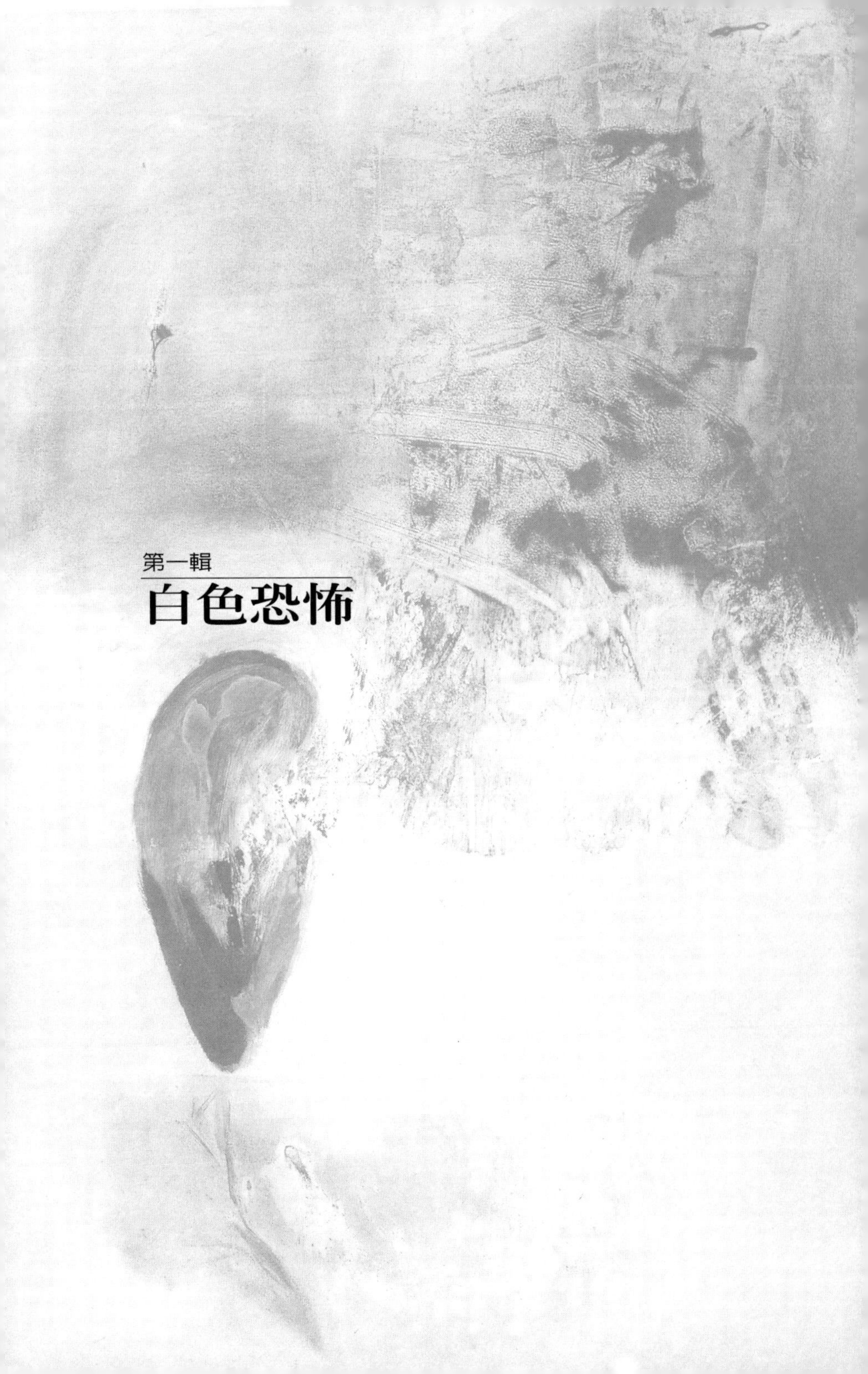

雪恥

事隔多年，如今回想，一九六六年決定到加州大學柏克萊去讀書，事實上等於救了我一條命。然而，這個目前看來生死交關的大決定，當時雖然也牽涉到很多相關的因素，影響最大的，卻是一個朋友完全無心的一句話。

一九六二年，我考取了教育部主辦的夏威夷大學東西文化中心兩年全額獎學金，在相當於「逃亡」的心情下，出了國。這個獎學金，按那個時代的標準算，是非常優厚的。除了來回飛機票和兩年的生活和學雜費，每個月還發五十美元零用錢，外加買書開支。可是，條件固然優渥，卻也有個限制：接受獎學金待遇的人，由美國大使館發給交換學生的J簽證（留學生通常拿的是F簽證）。J簽證有嚴格的規定：第一，持此簽證者，在美不得打工賺錢；第二，兩年期滿必須回本國服務兩年，才能取得再度來美的資格。

第一項規定對我影響不大，因爲獎學金絕對夠用。第二項規定就比較麻煩，首先兩年期限內，尤其對於文法科的學生，不要說修完博士，連英文都可能弄不通。就算勉強拿個碩士，文法科的碩士，上不上下不下，頂什麼用？

不過，這項規定涉及美國當年的外交政策。加在我們頭上的這個緊箍咒，目的是貫徹出錢老闆美國國務院培養亞洲各國親美派實力的構想。

五、六十年代是所謂的冷戰時期，美國的亞洲（尤其是東亞）策略以圍堵中國大陸的共產政權爲核心。我們這批被國人和親友視爲天之驕子的留學生，不過是帝國心態的美國政客用來打擊中共的棋子罷了。

當然，興沖沖踏上留洋鍍金大道的我，初期毫無自覺。

東西文化中心的獎學金大致分爲學位和非學位兩類方案，前者要求兩年內修完碩士學位，後者則可任意選課。我挑定了非學位方案，雖然看起來有點浪費時光，但覺得對自己比較適合，因爲興趣正向社會科學轉移，又考慮到我的本業，夏大哲學系的師資底子單薄，索性把大部分課選在政治系。

這個選擇所釋放的大把自由時間，加上那時不過二十三歲的我，剛從慘綠苦戀的病態心情中跳出來，造就了我這一輩子最放浪形骸的兩年。

跟新交的一批同樣放浪形骸的各國朋友，喝酒辯論往往通宵達旦，賭牌下棋也可以通宵達旦，猛啃「閒書」也一樣通霄達旦。上午不必選課，也不必起床。下午可以上圖書館，也可以上Waikiki海灘曬太陽。

我的成績單，自然慘不忍睹。

獎學金還有一項優待。第一年讀完，如果成績好，保送你到美國大陸本土任何一家大學去讀暑期班。我有自知之明，連申請表都沒塡。

比我早一屆的同學中，有一位法商學院（中興大學前身）的高材生姓黃。此君不是好學深思那一類型，卻精明強幹、聰明外露。那句救命的話，就是他讀完柏克萊加大暑期班回來後趾高氣揚當眾對著我虛心求教的臉說出來的，大概是一九六三年的春夏之交。

「你省省吧！」他的眼睛煥發著異樣的光彩，「柏克萊可不是夏威夷，哪那麼好混！」

一年後，我帶著滿腦子中國現代革命的「眞理」，回到了台北。

「眞理」是我的課外活動帶來的成果，猛啃的那批「閒書」，給了我一些「眞知灼見」。

一九六四年到一九六六年，我跟陳映眞同時參與了邱剛健（也是東西文化獎學金同學）創辦並主持的《劇場》雜誌。這些「眞知灼見」於是成爲我批評《劇場》無保留投入現代主義的主要思想依據，與陳映眞轉折期的文學思想不謀而合。在《劇場》不定期而頗爲頻繁的聚會中，兩人因意見相近，彷彿結了盟。

有些朋友認爲，甚至文學界也有人流傳，小說《浮游群落》的人物都可以對號入座，小說人物林盛隆就是寫陳映眞，這眞是一筆糊塗帳。林盛隆其實是個相當概念化的人物，小說的細節當然免不了取自這裡或那裡，有些地方也確實來自我跟映眞之間的一段交往，但映眞這個人，比起林盛隆，何止於飽滿、敏感、複雜千百倍。小說人物是爲整部小說的概念服務並受其制約，我只能要求自己，在小說描寫的那個台北六十年代知識分子圈中，林盛隆這樣人物的存在，是可能的。這是創作時的唯一指標。

記得一九六六年九月中旬離開台北赴柏克萊的前幾天，映眞一大早跑來找我，要我跟他到外面走走。我們在那時尚未拓寬的南京東路一個公共汽車站牌下佯裝等車聊了半天。他告訴我，他剛從警備總部問完話放出來，並提到李作成家裡上禮拜來了一批穿制服的人，所幸李藏在床底下的上百本禁書沒給搜出來，現在都已轉移到一個日本外交官朋友家裡去了。他告訴我小心。

老實說，我那時並沒有太緊張，也許因爲知道自己再過幾天就要出國，也許因爲那時太天眞，以爲朋友們聚會發發牢騷沒什麼大不了，反而覺得映眞大驚小怪。

映眞的緊張是有原故的，他和李作成、邱延亮、陳述孔、吳耀忠等搞了一個地下讀書會，我雖曾被邀參加過一次他們的「擴大」會議，但覺得跟夏威夷大學上課的那種seminar沒什麼兩樣，甚至還用我的五十西西本田機車順便約了陳耀圻同車赴會，害陳耀圻後來爲此坐了兩個禮拜大牢。

一九六八年六月，映眞和他的地下小組被「破獲」，依《懲治叛亂條例》第十條後段和軍事審判法第一百四十五條第一項提起公訴，分別判刑。

如果不是聶華苓和她後來的夫婿保羅·安格爾絞盡腦汁，用盡一切辦法透過美國政府的關係施壓，這個冤案所牽涉的人可能早已全部槍斃。這一段往事，以後有機會再談。

在這篇文章的有限篇幅裡，我必須再回到夏威夷東西文化中心放浪形骸那個時代我無端受辱卻又因此撿回一條命的那一句話。

那句話一直耿耿於懷，讓我覺得這輩子如果不去柏克萊至少拿它一個碩士，便無臉好好做人。

一九六八年映眞出事後，消息輾轉通過一位在台的美國朋友傳到我那裡時，我正忙著寫我的碩士論文。國民政府駐舊金山總領事館有一位政治參事，此君的職務雖與國安有關，卻是文化人出身，曾經翻譯過書，搞過創作。也許是因爲這種性情的影響，也許因爲在海外終究沒什麼辦法將我逮捕歸案，竟將警備總部寄發給他的文書複印了一份寄給我，要我主動向他自首報備。

這份《清查要點》一共十項，內容可以想像，完全捕風捉影，我也就置之不理。他後來怎麼結案，我當然無從知道。

一九六四到六六那兩年，我在台北的新興文藝小圈子裡活得開開心心，每天有忙不完的事，如果沒有黃君一句目中無人的話，我不可能念茲在茲闖往柏克萊雪恥。如果到一九六八年六月我還在台北無憂無慮地參與新文學運動的創造，百分之百，肯定成爲「叛亂案」的被告。我深信，以我當年的身體和心理素質，我不可能活過黑牢的折磨和拷打。

一九六九年某日，黃君因公過舊金山，請我吃飯敘舊，並祝賀我得到柏克萊的學位。席間並無旁人，雖相談甚歡，但從頭到尾，關於他一語救我一命的因緣，我一字未提。

舊信

趁這幾天陽光燦爛，把陰暗潮濕的車庫臨時儲藏區大清掃了一次，不料卻在生鏽的檔案鐵櫃中，翻出來一個發霉的卷宗，上面有個英文標題：Ronald D. Hayden。

時光倒流，拉回到三十五年前的柏克萊學生時代。

卷宗裡一共只有五封信，看起來，是用那種老式的非電動打字機一粒粒敲出來的，墨漬時濃時淡，字間與行距忽大忽小。向晚六、七點鐘，我坐在樹蔭遮去大半的陽台上，斜照已經失去了它的熱度與強度，周遭漸趨沉寂，跟我手中的舊信一樣，就要歸位於夜闇了。

第一封信的日期是一九六八年四月二十五日，但信封上的郵戳依然清晰，是五月三日通過美國陸軍與空軍郵政局寄發的。信的主要內容如下（我的忠實翻譯）：

菲律浦昨晚到我家來。他告訴我，政治警察正在調查他。第一件事發生在兩個星期以前，他們找菲律浦工作的輝瑞藥廠的司機問話，要他注意菲律浦，並把他發現的任何事向他們報告。幸虧這位司機是個朋友，立刻通知菲律浦，他正被注意。從那次以來，警察又找過這位司機一次。

……

毫無疑問，他正被注意，我們最害怕的是，警察正試圖阻止他赴美到愛荷華學習。

……

有件事情也許可以解釋爲什麼警察又開始注意菲律浦。大約兩星期以前，他從愛荷華主持作家工作坊的聶女士那裡收到一本書。這本書的作者是個阿爾及利亞人，名叫France Fenon（譯按：應爲Frantz Fanon）。我不太清楚書名，但我相信是The Wretched Country（譯按：應爲Wretched of the Earth）。當然，寄書的郵包在菲律浦收到之前已被中國海關檢查人員拆開。……這是一本這裡的政府通常絕不允許進來的書。

……

菲律浦和我都確實知道，他沒有做任何讓這裡的政府覺得受到侵犯的事情。我設想過去發生過以連帶關係入人於罪的事，但他們必須揑造一點什麼才能阻止他今秋離境。然而我們知道，他們在捏造事實上是多麼聰明。我確信這種事每天都在發生。

我希望你相信我是一個眞朋友。我三年前來此做有關中國歷史的博士研究，現在在台北美國學校教書，因此才能使用陸軍郵政……。

我們必須盡力幫助菲律浦。我認爲他必須暫時離開台灣，但我同樣強烈地認爲，他讀完愛荷華之後應該回來這裡。我非常欽佩他的理性和積極的思想，且我相信一定會開花結果。但只有他在台灣才能實現。

最近一期的《文學季刊》這禮拜出版了，加上新的編排方式，的確是本美麗而令人印象深刻的雜誌。祝賀它成功。

我希望你給聶女士寫封短信，告訴她，你從菲律浦處得知，他收到了書，說他本想自己寫信道謝，但因這本書引起了政府的查問，他怕自己寫信可能引起注意，信可能被官方讀到。

……

時間過去了三十五年，如果不加一些注釋，現在的讀者可能根本讀不懂這封信。

首先，Ronald Hayden這個人，我收信前完全不識，收信之後，我們續有聯絡，通過多次電話，但從無機會見面。其次，信中提到的菲律浦是陳映眞在外國公司上班使用的英文名字，他的美國朋友通常都叫他菲律浦。現在再補充說明一下這封信所述事件的一些背景。

一九六七年的聖誕節，聶華苓（即信中所稱聶女士）來柏克萊，到陳世驤先生家作客。一次晚宴上，聶大姊問我：我知道你也寫小說的，愛荷華明年想請一位台灣年輕一代有代表性的小說家，你能不能推薦一位？

我向她鄭重推薦了陳映眞，並大致介紹了我對他一些小說的印象。聶大姊表示很有興趣，但提出了條件，要我找他的一些代表作品寄給她，並將其中兩、三篇譯成英文，因爲保羅·安格爾當時是愛荷華國際作家工作坊的主持人，他看不懂中文。

我找到同在柏克萊當代中國研究所任職的陳少聰合作，把陳映眞的作品譯出後寄給聶大姊，記得我譯的那篇是在《筆匯》上以陳根旺筆名發表的〈蘋果樹〉。這篇不能算陳年輕時最好的作品，但我自己非常喜歡，我覺得這個篇幅不大的短篇裡，包藏著許多未來肯定可以大有發展的種子，而且，篇幅雖短，氣氛卻營造得十分迷人。記得後來還收到過映眞的信，他說：你會選這篇，很有意思……。

保羅·安格爾看過映眞的作品後，愛得不得了，立刻決定一九六八年的國際作家工作坊，一定要陳映眞。

映眞後來確實如願去了一趟愛荷華，不過，那已是十幾二十年以後的事了。

第二封信的日期是一九六八年五月二十三日，裡面的重點如下：

……我昨晚與菲律浦見過一面，把你的信給他看了。知道聶女士寄書完全是無心的，我們都放心了……。

菲律浦要我告訴你，他很高興有可能比他預期的十二月更早便可以去美國。他似乎覺得，現在正是時候，可以開始辦理出國手續了。我實在不願這樣想，但是，如果警備總部確實要對付他，至少，這樣一來，年底前便可揭曉。對菲律浦而言，這種等待一定是一種酷刑。

……

第三封信的日期是一九六八年七月十一日。跟前兩封信不同的是，這封信是從西雅圖通過普通郵政的渠道寄發的。Ronald Hayden已經回到西雅圖的華盛頓大學。內容重點如下：

……顯然，最可怕的事情發生了。我前天收到菲律浦和我的一位在台灣的共同朋友的來信。他說菲律浦被捕了，理查（譯按：陳耀圻的英文名字）也被政治警察叫去問話……。

菲律浦和我在我離台前多次談過這種情況。我們曾取得協議，如果警察確實成爲他來美的障礙，他會寫封信給我，裡面有一句我們事先安排的話。根據這句話，我會知道他究竟是能來、不能來還是不確定他是否能來美國。如果來信表明他不能來，菲律浦要求我寫封信給愛荷華，說明他的處境。他特別要求我這麼做，因爲他怕愛荷華誤會他突然對愛荷華失去興趣。如果可能，我將更進一步，看愛荷華是否能施加任何壓力，保證菲律浦獲得釋放並有機會來美國。因此，我不僅要寫信給聶女士，還要給愛荷華大學校長寫信。你也許不知道，台灣的國民政府去年冬天逮捕了一名威斯康辛大學的台灣留學生。這件事鬧得很大，因爲那名學生不僅有威斯康辛大學校長的支持，台北美國大使館也支持，有幾位美國參議員也可能加入要求釋放這名學生。如果我們能立刻寫信給適當的人，威斯康辛事件也許可以幫助菲律浦，因爲他已經是愛荷華收錄的學生。

……

天色暗了，我起身回屋子裡去讀剩下的兩封舊信，是什麼內容，也許以後再談。

密會

如果說我是陳映眞案的漏網之魚，我唯一的「罪證」就是參加過陳召集的一次祕密會議。這是什麼樣的祕密會議呢？

小說《浮游群落》中寫過一個性質類似的祕密會議，其中一些細節確實取材於我那一次的經驗，但又不完全相同，不少地方摻雜了自己的保釣活動，歷年來雜亂讀過的舊俄和三十年代中國小說留下的一些印象，自然也混在裡面。今天回頭來看，那一段小說寫得並不成功，原因很多，但主要是寫作時的心理狀態。小說寫作時是一九七八年，距離事件的發生已經十二年，映眞那時已經出獄，我自己也已經歷過左翼青年從空想到實際和從熱情獻身到挫折幻滅的全套過程。寫作時因此猶豫不定，熱情與幻滅在頭腦裡交戰，結果成了既不熱情又無幻滅反而帶點嘲諷意味的文字。然而，這嘲諷確實是極為清淡，跟姜貴的《旋風》與《重陽》完全不同。姜貴的立場是清清楚楚反共，我不反共，我只是因為共產黨沒有走出我想像中應有的道路而覺得遺憾可惜罷了。

祕密會議和祕密組織之所以吸引年輕的有志之士，除了思想上的理由，多少跟那種又神聖又羅曼蒂克的氣氛有關，這對社會小說的創作者具有莫大的吸引力，因為它觸及人性的幽微部分。

保釣時期我有過一次奇怪的經驗。柏克萊行動委員會有一位香港來的小王，彷彿是天生做偵探或間諜的材料。有一次，他負責召開一次小組會議，居然把會議地點選在半山上一個州立公園的野餐區，理由是：時值冬天，公園空曠，可以避免國民黨特務和聯邦調查局竊聽。不過，那場面的確有點像貝克特的荒謬劇了。裹著厚夾克還不免瑟瑟發抖的六、七個黃面孔，在空無一人的異國大公園裡，圍著一條發霉的野餐桌，討論如何將革命的熱潮帶回台灣。它唯一的作用，大概只是徹底透露人性中深藏著的對神祕事物無法抗拒的傾向罷了。

因此，祕密會議與祕密組織，對於後來終於擺脫政治童貞而因此除魅的我而言，有點像脫去面紗和拿掉黑眼鏡，世界固然變得清晰，卻也有點無味了。

一九七五年，映眞極為嘲諷地因為蔣介石過世大赦而提前三年釋放，我聽到消息後，心潮起伏不斷，終於熬出了保釣以來的第一篇小說〈長廊三號〉。

小說寫成後，我覺得如果映眞讀不到就完全沒有意義，而那時自己也在黑名單上，映眞出獄後的處境當然很困難，不可能直接通信，遂託老友張系國帶回台灣，交給白先勇，以屠藤爲筆名，發表在復刊號第四期的《現代文學》上。爲了怕映眞錯過，我特地加了一個副標題：獻給一別十年的然而君。

今天的讀者不可能知道。映眞早期最有名的作品〈我的弟弟康雄〉發表在尉天驄主編的革新號《筆匯》雜誌，當時他用了一個筆名，就叫「然而」。

〈長廊三號〉小說的故事，也是從〈我的弟弟康雄〉那裡接過來的。康雄的姊姊不是嫁入了富豪之家嗎？康雄的姊姊不是有過一個畫家情人嗎？我的故事就設想這位畫家離開了台灣，流浪到巴黎，最後在紐約跳樓自殺。

〈康雄〉是個虛無的安那其（anarchist，無政府主義者）蒼白自殺的故事，〈長廊〉是個幻滅的畫家失去生存意義後瘋狂自殺的故事。兩個故事，一個發生在「會前」，一個發生在「會後」。

現在，再用前面說的這些因緣作爲參照系，讓我們設法了解一下我所謂「密會」的特殊歷史作用。

在白色恐怖的歷史情境中，國家機器無限龐大，個人自由無限萎縮；既成體制鞏固，壟斷了所有資源，社會新生力量被迫尋找生路——祕密會議和祕密組織遂成爲這種不合理現狀下有志改革者自救救人的唯一手段。

六十年代中期，台灣的國民平均年收入正逐漸接近當時經濟學者認定的起飛指標三百美元，土地改革後，城市商業資本開始集中，但還沒有發揮重要影響，加工區的觀念正在實驗，出口導向的經濟形態尚未具體成形，然而，整個台灣社會確實不同於韓戰後的克難時期，有一種動向不明的新氣象。知識界的討論，也相應變化，從《自由中國》的政治議題，轉入了《文星》的社會議題。

以今天的眼光看，在這種曖昧不明的時代，「大漢計畫」①自然是個風險少而成功機率高的選擇。但是，當時的人，並不那麼清楚，這裡面還有個歷史因素——中國未完成的革命。

在目前台灣的政治空氣中，四十歲以下的年輕一代，很難想像台灣的命運與大陸中國的革命有什麼關係，可是五、六十年代的台灣，即使政府採取全面徹底的反共政策，這條臍帶並未割斷。我讀女師附小和師大附中那段時期，多次親身經歷過老師忽然失蹤的事件，而且都是學生心目中品格最完美、教學最認眞的老師。我的高二英文老師劉錫炳先生，上課不久就發現我們連國際音標都不會，決定犧牲課間十分鐘的休息，自願爲我們補習。一學期下來，大家的成績都進步了，老師卻不知去向。謠言傳說他被捕了。然而，究竟他犯了什麼罪？在什麼樣的情況下被捕？案情如何？關在哪裡？要關多久？甚至是生是死，都沒有人知道。一直到我們大學畢業後，同學王慶襄入伍分發到步兵當排長，奉命駐紮綠島，才發現劉老師的下落。

整個東亞甚至所有未開發或開發不足地區的現代歷史都共同體現這個問題，在有效的經濟發展策略出現以前，激進的政治革命手段似乎成爲抵抗強權和改變貧窮落後現狀的唯一辦法。五、六十年代台灣的有志者，跟二、三十年代中國大陸的有志者沒有什麼兩樣，祕密集會和結社，不僅是個人人格成長中無可迴避的考驗，即便是有關人類整體前途的思考，也不能不正面面對這個課題。

我偶然參與的那個祕密集會，在那個時代，並非特例。讀台大時，校園裡也經常有類似的活動，我自己曾參加過法律系邵子平等召集的時事討論會，也都是以祕密通知的方式召集的。

六十年代初期到中期，台大歷史系畢業的鮑奕明在紐約哥倫比亞大學校園附近組織了一個「塡空社」，我當時不在紐約，但鮑奕明出國前，就曾利用露營和結拜兄弟的方式，經常聯絡「好友」結合「同志」，我也曾參與。

這些時代風氣，如今都因爲經濟起飛、繁榮而無影無蹤，然而，目睹今天台灣和大陸兩邊的社會，都「義無反顧」地把社會價值與人生意義完全釘死在「賺錢」這個沒什麼人味的活動上，竟不知自己的那份莫名鄉愁，是否只應作爲遺老的悲哀或時代的錯誤來妥善解釋呢？

我沒有答案。

---

①「大漢計畫」，詳情見下文〈流產〉。

見光

白色恐怖之所以恐怖，主要是由於那個時代的國家機器有一個特點，所有鎮壓異己的政治案件，可以通過特殊的政治、法律和輿論安排，完全黑箱作業。社會公眾看不到，摸不著也無從干預，卻留下無限恐怖的氣氛，通過口耳相傳，達到空前的噤聲效果。

在白色恐怖時代活過的人都知道，對抗白色恐怖的唯一辦法，就是讓黑箱作業曝光。我記得有句名言：白色恐怖與赤色恐怖最大的不同在於——一個是做了壞事理虧心虛，一個是做了壞事理直氣壯。這就是爲什麼過去的國民黨雖然壞事做絕，民主自由的種子仍能倖存的原因。

趁整理舊檔案之便，找出了三十多年前的一份剪報，紙張雖已黃舊，字跡依稀可辨。這是一九六八年十一月二十五日《紐約時報》的台北通訊，重點如下（我的翻譯）：

七名男子被控反中國國民黨政府活動，正在等待宣判。這是近年來此間對所謂政治異議人士進行最大規模逮捕行動的結果。……被控人等於六月初被捕，十一月八日在軍事法庭祕密審判。政府未對此案公開發表聲明，台灣的報紙也沒有報導。

被告各人如何答辯指控不明，審判時，他們由公設辯護人代表出庭，而不是他們自選的律師。

……

受羈押者，四人爲台灣省籍，三人爲外省人。……

此外，《洛杉磯時報》和《華盛頓郵報》的通訊社也發了電稿，內容大同小異，不再引述。

據此，我們可以回頭看看前文〈舊信〉談到的Ronald Hayden的幾封舊信。要提醒讀者注意的是，前文來不及談到的兩封信，距離《紐約時報》前引報導相差三、四個月。可以想像，在那個時代，即便民主自由如美國，事涉政治敏感的案件，可能人命關天的案件，要它見光，也不是那麼容易的。

下面介紹的兩封信，其中一些內容，也許可以做爲注腳，幫助我們了解那個時代。

一九六八年七月二十四日星期三的Hayden來信要點如下：

差不多一星期以前，我收到你寄到伊利諾的來信，謝謝你這麼快回信，你的意見讓我覺得與聶和安格爾聯繫是該做的事。

收到你信的第二天，我便給愛荷華打了電話。安格爾是個了不起的人，他似乎願意竭盡所能幫助菲律浦。他們兩人（按：指聶華苓與安格爾）都很友好，邀請我到愛荷華去，但因爲我家裡事忙，直到星期天（七月二十一日）才抽空前去。

這一趟跑得很有成果。我對聶印象深刻，她似乎對台灣知識分子目前的處境有身歷其境的了解。

……

當然，安格爾對這種狀況理解不深，我很高興有聶在那裡協助安格爾明白事態的嚴重性。

我們擬訂了一個臨時行動計畫。我們認爲，台灣當局不曉得美國人已經知道菲律浦出了事。即使他們曉得愛荷華確實知道菲律浦被捕，他們也可能覺得愛荷華不會做什麼事。所以我們決定，最好的辦法是由安格爾以國際作家工作坊主持人的名義，給蔣經國一封正式的詢問信函，內容應包括以下的重點：

一、愛荷華知道菲律浦被捕了；

二、由於菲律浦的名字已列入明年方案的名單，他已經獲得撥款來美，愛荷華要知道，他究竟被控犯什麼罪，他是否能來美國；

三、由於新學年開學在即，除非菲律浦能獲准來美，這一年的方案中就沒有中華民國的代表（安格爾並說明台灣以前來的作家都有良好表現）；

四、國際作家工作坊是不少美國企業以私營資金支持的方案，其中部分企業在台灣設有工廠和辦事處。工作坊的董事會不明白，爲什麼從台灣邀請作家這麼多麻煩，而從一些本來期待有麻煩的國家如波蘭、南斯拉夫和其他共產國家，反而容易得多，台灣不是遠東的民主堡壘嗎；

五、由於中國政府官員（按：指中華民國）過去對有關國際作家工作坊台灣學生問題的通信愛理不理，安格爾將以掛號方式郵寄，並要求回郵證明受信人確實收到。他並將暗示一個期限，如果屆時台灣沒有答覆，他將聯絡他在美國居高位的一些朋友……。我很不喜歡這樣做，但形勢迫人，這是我們唯一能做的。

安格爾確實有很多「重要的」朋友，George McGee和Averill Harriman都是無任所大使，他跟魯斯克國務卿很熟，國務院遠東司司長Barnett也是好友……。

……

Hayden的最後一封來信日期是一九六八年八月四日，內容基本上是上述來信的後續發展，以及他從台北朋友處了解的有關陳映眞案的一些補充信息。

記憶中，Hayden後來沒再給我寫信，但經常有電話來往，前文引述的剪報和資料，都是他寄來的。陳案宣判後，我們氣憤難受到極點，但我們都是勢孤力單的窮學生，除了開動腦筋聯繫一切可能的方面讓這個莫須有的政治迫害案件見光，又還能做什麼？

必須補充說明的是，聶華苓大姊和保羅．安格爾先生在這個白色恐怖案件的全部救援過程中表現了最高的人道主義關懷。台灣軍事法庭一向祕密審判，被提起公訴的七名被告，不准選擇律師，只能由官方的公設辯護人代表，事實上就是黑箱作業。被告不僅被剝奪了應有的人權，所有與案件直接或間接有關的所謂人證與物證的審查和採信與否，根本等於兒戲。安格爾動用了各種關係據理力爭，仍然無法改變這種狀況。但他至少做到了一點，對被告諸人生死存亡非常重要的一點，他聘請了美國律師Ronald T. Oldenburg等人，親臨審判庭旁聽，雖未能根本扭轉判決，但肯定發揮了讓黑箱作業者投鼠忌器的效果，這在一定程度上，也是「見光法」的一種應用吧。

白色恐怖時代還有一種鑑別朋友眞僞的意想不到效應。當然，一般交情的朋友，即使同情，也只能「道路以目」。眞有交情而又人在白色恐怖控制範圍內的朋友，就需要生死置之度外的勇氣了。

我手上還保留了一份尉天驄當時挺身而出自撰並呈堂的〈爲陳永善作證〉一文的複印本（按：映眞本名陳永善），雖然時過境遷，老朋友之間的思想變化並不一致，但無論搬多少次家，都捨不得丟掉，也無非是人世滄桑眞情難覓。

不妨趁說這段故事的機會，坦白交代一下自己。案發不到三年之後，我因種種機緣投入了保釣運動。過程中我對「反蔣」這一議題，始終保持絕不妥協的態度，跟這一段親身體驗的經歷，有不可分割的關係。

這一切，年輕一輩的讀者，也許覺得像天方夜譚。然而，權力一旦集中，只要失去制衡，隨時可以復辟。

制衡就是見光，尤其是體制範圍內的見光，是保證歷史不倒退的不二法門。

噩夢

有一段時期，我睡得不很安穩，經常被噩夢驚醒。醒時一身冷汗，環顧四周，每不知身在何處，只感覺心臟猛烈跳動，呼吸急迫短促。這些現象，做過噩夢的人都體驗過，沒什麼特別。

特別的是，這些噩夢，對我而言，彷彿有一定的邏輯，因此，我始終不能確定它們是否完全沒有意義。

我當然也讀過一些佛洛伊德，但他那種特別偏重里比多（libido）式的解釋，實在過於奧祕，我覺得幾乎是文化上的隔，無法超越，因此也就不能坦然接受。

當代科學家的研究，把動物作夢的現象，當作一種純生理的活動。他們有一種說法，叫做R.E.M.。所謂R.E.M.，即Rapid Eye Movement的縮寫語，意思就是眼球快速轉動。據說這是睡醒前做夢的外在表徵。眼睛快速活動，意謂著大腦從熟睡狀態進入完全甦醒狀態的過渡。也就是說，大腦細胞開始通電了，然而，因爲通電有一個過程，因此，沒有完全聯結好的大腦細胞，傳達的訊息便可能片斷而零散，所呈現的圖像，遂不按邏輯隨意跳動，因此而產生出來的「夢」，不過是意識殘破的隨意呈現罷了。

夢的解析，當然也就毫無意義了。

然而，我那一段時期的噩夢，卻有幾個特徵。

第一，它們的內容雖然跳躍零亂，醒來之後的我，卻不能不感受到某種壓迫。彷彿有些事情要求我反省、檢討、面對，又彷彿自己著了某種邪魔，不努力設法除魅，便難以安頓自己。有時甚至嚴重到連上床睡覺都忐忑不安，像失眠症的病人一樣，不到天黑便開始害怕起來。這是預知苦難而無力避免的恐懼。

其次，噩夢好像連續劇。有時候，夢中的自己、身分、處境和動作，都直接連上前一晚或前幾晚的夢中出現的自己，繼續按照同樣的邏輯推演下去，而且，結尾也同樣是無所逃於天地之間，直到出汗、心跳、窒息、驚醒。

第三，夢的內容，重複演出完全相同或十分類似的故事，基本上有兩種形態：一種是發現自己失手殺了人，開始逃亡；另一種是發現自己從監獄裡巧妙脫身，開始逃亡。兩種故事的大部分情節都重疊在無窮無盡的逃亡與追捕，結束於無可遁逃而被捕的剎那。

挺無聊的夢，是不是？雖然我確實受了些折磨。

這一段折磨的日子，就發生在一九六八年六月陳映眞政治迫害案之後一、兩年的時間裡。到今天回想，我還是認爲自己沒什麼出息。因爲我受的這些折磨相對於陳案受害者所受的煎熬，實在微不足道。

我現在就根據手邊的一些資料和自己的回憶，介紹一下陳案涉案的幾個人。

映眞大概不需要我介紹了，對台灣文學和政治稍有認識的人都知道他的貢獻和地位。我要說明的只有一點：他是涉案者之中唯一與我有深交的朋友，其他諸人，我或有一面或數面之緣，大多數從未見過面。在一九六八年前後那幾年，我相信自己的文學和政治觀點基本上與映眞相近或一致，如果他可以因此下獄受刑，我便沒有任何理由不受到同樣的待遇。我的僥倖只在於某些因緣剛好出了國，逃出了製造白色恐怖的那個國家機器的掌控範圍。今天，雖然自審在文學和政治上可能不再能以同志相對待，但我對映眞的尊重，正像我對待自己不能妄自菲薄一樣，是絲毫不減當年的。

映眞被捕時是三十一歲。

同年的吳耀忠，台北縣人，畢業於師大美術系，當時在國立藝專美術科任教。我見過他兩、三次，是映眞在一些多人聚會的場合介紹的。記憶中，我們沒有深談過，但我留下的直覺印象是，他是一位非常嚴肅的藝術家，嚴肅到近於拘謹。我相信他的這種性格必然造成他在黑牢中求生加倍困難。一九七五年出獄後不久，他便因病去世了。誰殺了他？對我而言，是很清楚的。

李作成，三十七歲（被捕時年齡，下同），綏遠省歸綏市人，台大法律系畢業，我與他同屆考入台大法律系，他在司法組，我在法學組，因此在學時彼此不識。他被捕時任強恕中學教員。我參加過的那次「祕密會議」就是在他的住所舉行的。聽說他是隻身在台的流亡學生，因爲女朋友的父親要求警總調查他而惹禍上身，但只是傳聞。另外一個傳聞的說法是，陳案的發生是由於一名曾經坐過牢的記者出賣告密。兩種傳聞我都無法證實。

其他的同案被告還有：陳述孔，二十八歲，遼寧省遼陽縣人。

丘延亮，二十三歲，廣東省梅縣人，台大學生。據說丘延亮爲蔣緯國的妻弟，但並未因此減刑。刑滿出獄後，丘延亮在芝加哥取得人類學博士學位，並任教職。

陳映和，二十二歲，台灣省桃園縣人，爲陳映眞胞弟。

林華洲，二十三歲，台灣省台中縣人，陳映和同學，時任海軍陸戰隊少尉。

以上七人均依違憲的《懲治叛亂條例》判處七年至十年有期徒刑。

除以上七人外，另外受牽連的還有王小虹（女），王玉江、陳金吉、賴恆憲、張茂男、陳邦助和吉樹甫等人。

雖然每個人因祕密法庭的一套荒謬邏輯而有不同的懲罰待遇（不同刑期或感化教育），但我們可以公正推測，每個人的人格都因此無端打上了烙印，人生的道路也從此逆變，無法恢復正常。

前幾年，我因事回台，朋友邀我去看一場紀錄電影發表會，是藍博洲等拍攝的《爲什麼明天我們不歌唱》。

片子的主題配樂就是同名的歌曲，據說是白色恐怖時代受刑人創作的，語調悲愴悽涼。影片紀錄的是六張犁意外發現的亂葬崗，埋在那裡的都是白色恐怖時代任意逮捕並在馬場町草率處決的所謂「政治犯」。這些冤魂之所以能夠「重見天日」，竟然是因爲台灣暴發之後土地價格猛漲的結果，不能不使人覺得無限諷刺。然而，不能不問：他們眞的得到平反嗎？眞的重見天日了嗎？

我們知道，台灣近年來由於李登輝「竄黨奪權」和民進黨成功實現政黨輪替，一九四七年發生的「二二八」大冤案至少在一定程度上作了深刻反省，涉案者大都在精神上物質上獲得了補償，雖然當年不少受辱或冤死的外省人似乎不在此列。

然而，如今掌握大權的新貴們，也許是因爲對「本土主義」有一種意識形態的執著，這種重要的反省竟然無法徹底。對於台灣四十年代中期至六十年代中後期這一段時期的歷史，彷彿有些事情根本沒有發生，或即使承認也覺無關緊要的樣子。這種作法與作風，教人如何心悅誠服地接受他們口口聲聲宣傳的「台灣整體意識」呢？

我覺得，凡自認關心台灣歷史與未來的人，都應設法看看藍博洲等拍的這部電影，或讀一讀他們從事這項研究所寫的書。

不論各人想法如何，有一點值得我們學習和接受——台灣曾有過一段時期，一批有志者的心胸之中，絕無任何省籍介蒂，他們的共同理想是，爲台灣、中國和全人類追尋美好的明天。

雖然我現在並不以左派自居，但我了解，凡有過左翼思想的人，不論今天是否幻滅或堅持，他胸中的人類宏觀前景是不會消失的。要左派受過白色恐怖戕害的人自己主動站出來要求申冤，他們是不會做，也不屑做的。

因此，到頭來，眞正殘缺的，不是曾經受害的人，而是虛有其名的本土意識罷了。

流產

八十年代中期一個無所事事的禮拜六，突然接到老友李至善的電話，居然人在紐約，那當然就把他接過來共度週末。

至善是當年胎死腹中的「大漢計畫」最熱中的推動者。我記得他甚至找了被他列入「計畫」的莊靈，央求莊嚴伯父手寫隸書「大漢」兩字，並刻了一塊木匾，積極準備創業。

那是一九六六年的初春。

李至善，山東人，國立藝專編導科畢業，應該是牟敦芾、侯孝賢的前輩，身材粗壯高大，性格厚重豪爽，標準的燕趙男兒。這「大漢」兩個字，除了形象地表達了他選中的人物個個都是中人以上身材之外，自然也有那時不算「反動」的民族主義情結。

藝專畢業後，至善進了中影公司，初期擔任白景瑞、李行和李嘉等「王牌導演」的副導，並撰寫電影劇本。業餘時間則參與邱剛健的《劇場》雜誌爲編輯同人。小說《浮游群落》的部分情節，反映了至善那個階段的思維和活動。

一九六六年的台北，像樣的所謂「現代傳播企業」，只有「國華廣告公司」一家。《劇場》藝術設計人黃華成，當年搞顚覆的第一把手，就在國華混飯吃。至善的「夢」，是要集合他認爲當時最有潛力的一批年輕創作者，組織一個最現代化的集電影、電視、廣告、出版各種傳播事業於一爐的現代傳播公司。

據我所知，他心目中的名單，至少有以下這些人：陳耀圻、陳映眞、莊靈、張照堂、牟敦芾、黃永松……。

那時的《劇場》，已出現思想上的初期分裂狀態，所以邱剛健和黃華成都未納入這份名單。我倒是承他看重，也算一個，而且的確開始投入。

在至善的指導下，我們三個人（還有陳映眞）合寫了一個電影分場劇本《杜水龍》，有本土也有現代意識，預定將來由陳耀圻執導。這個劇本現已不知所終（當時已打好字並複印了幾份，我手頭的一份早因搬遷離徙弄丟了），而且，因爲準備拍電影，自然不能公布，所以《劇場》和後來創刊的《文學季刊》也都不曾刊載。留在印象裡的，只剩下一些模糊的概念，不外是六十年代年輕一輩人的失落與憤怒。我還記得第二章（共三章）結束的一個場景。男主角杜水龍在空無一人只剩座位與運動場地的露天球場看台上大吼：你是誰？你是誰？籌備工作做得還挺積極，牟敦芾與黃永松找來那時就讀世新的曹又方，跟大家在水源地的河灘上見了一面。她那時還不叫曹又方，是預定的女主角。

至善在我家過了個週末，話題當然離不開這些往事。談到「大漢計畫」到一九六八年夏因陳映眞的政治迫害案而從此銷聲匿跡，山東大漢只說了兩個字——可怕！

因陳案而銷聲匿跡或逐漸失去動力的當然還不止「大漢計畫」。《劇場》本已因內部意見分歧而大爲削弱，但耀圻花了很大力氣重振，新出的一期版面改大，添加了「本土」內容，確有一番新氣象。只因我出國前臨時起意用我的五十西西本田機車順便載上耀圻去參加映眞召集的一個小型座談會，把他無辜牽連進這個案子。

一九六八年六月，耀圻正在台中五洲旅社出外景，清晨兩、三點鐘被警總當場戴上手銬帶走。據說導演李行曾強烈抗議，「憑什麼抓我的演員？」對方亮出身分，李大導只能默不作聲。

我說「順便」的確是歷史事實。座談會在和平東路近台北師範一帶的一條小巷子裡（陳案同受害人李作成住處），我住在靠近南京東路的復興北路，耀圻住在信義路附近的新生南路他親戚家。我赴會正是順路載上了他。我們兩人都因爲在美國待過，覺得有機會見一見台北知識界的同輩新朋友，了解他們的想法，不但有趣而且有益。耀圻是UCLA電影系的碩士，他的同輩同學中包括後來成了大名的《教父》編導科波拉和《星際大戰》的喬治盧卡斯。我們因爲偶然的機緣相識，我立刻了解他對當時台北那個小文藝圈正要成形的「運動」有多重要，花了不少力氣說服他加入。事實上，他的行事、做人與思考問題的方式，確實給大家重要的啓發，他應該是至善「大漢計畫」的靈魂，大夥對他有很高的期望。

耀圻被捕時的身分是姚一葦劇本《碾玉觀音》改編電影的男主角。當時，中影內部有個默契。總經理龔弘同意，耀圻預定爲中影公司下一部電影的導演，但龔弘要求他執導演筒之前，先擔任一次演員。這不僅因爲他外型好而且有深厚戲劇修養，自然還有爲他打知名度的意圖。至於他第一部執導是否就拍《杜水龍》，倒是並無定論。在那個年代，尤其是對於理想與現實的結合，耀圻比我們成熟得多。

除了《劇場》，同時嚴重受創的是起步已經快兩年而且相當成功的《文學季刊》。這方面的核心人物是尉天驄和姚一葦，以及他們陸續發掘的新一批作家群，包括王禎和、黃春明、施叔青、雷驤、七等生、沙究……。

至於映眞本人，我當時深信，假以時日，他一定是中國現代文學史上可以與福克納比個高低的重要作家。

白色恐怖時代，國家機器祕密授權給特工系統，這個系統本來就是個官僚組織，遂以國家安全之名，行捕殺異己之實。這是中國歷史文化傳統中最黑暗的部分，觀念狹隘陳腐，手段毒辣殘酷，凡不幸觸其羅網者，包括親人和朋友，全像落入陷阱的獵物，任由宰割而永世不能翻身。就算是確有福克納之才的人，在黑獄大牢裡通過煉獄式的考驗，也必然從此打上了烙印，不可能走回原來的藝術創作道路。

仔細看一看陳案直接涉案的七個人，全都是二十幾歲有理想有志氣的青年，他們之中，完全沒有省籍的狹隘心態，所要做的，不過是設法了解中國近代歷史演變的實況，並身體力行，爲台灣、中國和全世界人類的前途進行嚴肅思考，即使形成小組織小團體，做了擴大影響的宣傳活動，也都是知識青年最正常的行爲和活動，這不是一個健康社會應該鼓勵並由《憲法》明文規定保障的嗎？六十年代的美國校園，年輕人的思想和行動不知激烈多少倍，如果都這麼抓起來，恐怕一半以上的大學生都要判刑坐牢。

至善辭別前，我還好沒忘記問他那塊木匾的下落。

「燒了！」他說：「風聲鶴唳，凡有一點可能引起懷疑的，全燒了！」

他燒這些書信木匾之類的倒真方便，父親開豆漿油條早餐店，趁人不注意，扔進石油桶改裝的燒餅爐子裡就得了。

又十幾年沒有至善的音信了。上一次的消息還是八十年代末吧，聽說他太太考取了加州的針灸師執照，他自己也完全退出影劇文化圈，卻選擇年輕人進出頻繁的史丹福大學校園區，開了一家三明治午餐店，聊以維生。

撲殺了的那個正要成形的「運動」，究竟有多少成分，十年左右之後藉「鄉土文學」之名復活，已經屬於文學史的討論範圍了。我自己可以確定的是，鄉土文學也好，後來的本土論也好，都有一股不容異己的肅殺之氣，是當年的我們不可能有的氣質。

反省

關於一九六八年發生的陳映眞政治迫害案，從〈雪恥〉到〈噩夢〉，我已先後寫過六篇文章。寫作時大致採取旁敲側擊的方法，原因很簡單，詳盡的史實，藍博洲等人已經做了大量工作，加上地利人和等條件，相信他們還會做下去，我只就我耳聞目睹的有限機緣，提供一些補充。

眞正讓我耿耿於懷的是，這些年來多次回台，往往不期然碰到一些狀況，總是覺得納悶。

一個史無前例的大規模集體記憶大反省，似乎是台灣文化界近年來最重要的知性活動。然而，在這個歷史意識的重新調整中，我認為相當關鍵的部分，不是完全被抹殺，就是有意被忽略，彷彿從來不曾發生，今後也不會有任何意義！我要問的問題不是歷史的公道，也不是文化良心的清白，我只是想知道，這樣做，健康嗎？正常嗎？

而今成爲顯學的台灣史，近年來蜂擁而上的史學家們（有的已經做官了），爲什麼能夠如此蠻橫武斷地處理他們號稱最關心的歷史眞相？我碰到的一些對台灣這段歷史有同情無了解並對「政治正確」十分反感的年輕一代文化人，似乎也只能表示徬徨無助。難道，一種歷史意識的霸權主義已經在台灣生根？並藉政權輪替，占據了統治地位？從而造成了某種潛在的意識審查，達到了噤聲效果？

歷史反省是人類集體生活中不斷出現的課題，經常發生於歷史悲劇之後。猶太人的二戰經驗，中國人的文革教訓，事後都進行過歷史反省。前者做得超級徹底，以至於到今天，中東問題如此複雜難解，除了殖民帝國主義留下的遺害以外，猶太復國主義的盛氣凌人也不能辭其咎。文革之後的中國，歷史反省則做得潦草敷衍，一開始便設定了某些禁區，學術界不能碰，輿論界不敢談，一般群眾當然視之爲不同派別的爭權奪利而已。

過猶不及的歷史反省如今都成了又一種歷史教訓。台灣在進行自己的歷史反省時，似乎並沒有從中汲取失敗的經驗。

台灣歷史反省的推動者，面對如此重大歷史契機——一個有可能使台灣整體成爲團結一致的有機結合的歷史機會，也許由於自身的利益，也許由於報復的情緒，竟然在集體記憶的重整工作上，採取了選擇性的做法。被這種選擇性集體記憶所拋棄或輕視的，竟然包括台灣所謂四大族群裡的三個族群。

這種建「國」方式，實在有點荒謬。

原住民的歷史、文化和他們的應有權益，在這個「新國家」裡，至今也不過聊備一格，所牽涉的議題始終隱而不顯，只能在例如花蓮縣長選舉一類政治活動上爲了爭取選票而略提一提。

客家人的歷史、文化和他們的應有權益也一樣，都是選舉的應景話題。他們的處境略勝一籌，並非任何深刻歷史反省的結果，而是他們自己政治和經濟實力的反映。

外省人更因爲兩岸關係的複雜淵源，在台灣的歷史反省中，成了不可靠的嫌疑犯。

把人分成族群，這個做法已經有點不可思議，原是西方社會學研究的便宜之計。這就像生物分類學爲了研究方便把動植物分成各種類別一樣，對於被研究的動植物而言，根本是無意義的。更荒謬的是，分成族群之後，又四去其三，這不是明擺著的統治伎倆嗎！

台灣白色恐怖時代所造成的歷史遺留問題，絕不止於受害者及其親屬的冤獄賠償或名譽平反而已。眞正的歷史反省必須致力於追蹤那個時代，徹底清查相關的人物與事件，不能允許以國家安全爲藉口，任意設置禁區，阻止調查研究工作者的追根問柢。爲此，某些所謂機密檔案必須解密，當年制訂和執行這些政策的意圖和行徑必須曝光。此外，思想文化界更應全面深入探討悲劇產生的底層因素。實行白色恐怖政策的政治文化是一種病變的政治文化，白色恐怖其實只是病癥，眞正的病毒，是文化本身，活在人的腦子裡，藏在人的靈魂深處。不把它全部挖出來、消滅掉，環境形成，一定又會復活。

每次回台灣，總不免碰到一個問題，有時甚至被人當眾質問，要求我立即表態，你主張台灣獨立?統一?還是維持現狀?當然，按照提問者的文化和修養程度，質問的方式也精粗不同，有的直率衝動，有的委婉含蓄，但骨子裡就是上面三個問號。

我從來覺得，上面提到的問題，根本不是眞正的問題。

這就像SARS病毒的威脅依然存在的地方，你不能也不必提出任何不相干的主張一樣。唯一有效的問題是如何避免傳染如何治療如何培養疫苗並設法徹底消滅這種威脅。

目前的政治文化中，如果還有任何可能在將來製造白色恐怖或類似惡性病的病毒，無論它是否活躍或以某種方式潛藏在我們的頭腦或靈魂深處，試問：獨立了、統一了或維持著現狀，又如何呢?

陳案發生至今，已整整三十五年，受迫害的當事人，有的已不幸故去，大多數仍然健在，而且重新找到了自己的位置。我雖未與映眞保持經常聯繫，但凡有關他的活動和消息，我一直密切注意。知道他仍然堅守自己的立場並努力在文學創作上開拓新局面，除了由衷敬佩，我也覺得十分慚愧。彼此的生活經驗如此不同，我按照自己的知識良心，也必須走自己的路。

趁自己重新整理這一段歷史的機會，似乎還應該提到一個人。一九六八年春參加的那個座談會，伊利諾州立大學保釣會的陳恆次也曾出席。保釣結束後，我們同年考入聯合國，有次在一次聚餐會上閒聊，才發現彼此都是同一案件的涉案者，而座談會那天互不相識。陳恆次在聯合國擔任行政工作，八十年代初期因公出差非洲，座機失事殉職。

此外，還應一提的是，這個政治迫害案件影響改變了我的一生，我自己不可能不深刻反省。

三十五年來，除了至親好友，我很少談這件事，更沒有形諸文字。這一次，如前文所言，我採取的也是旁敲側擊的方法，並不是不想把自己的反省寫出來，有許多許多感覺，用專欄文字的形式很難表達。

這一系列七篇文章之後，我不會再寫文章談這個案件，但我相信，當感情深化到某種程度以後，已經成爲我之所以爲我的組成部分。那個部分，必然會在某種適當的文學形式上重現。

第二輯

園林人語

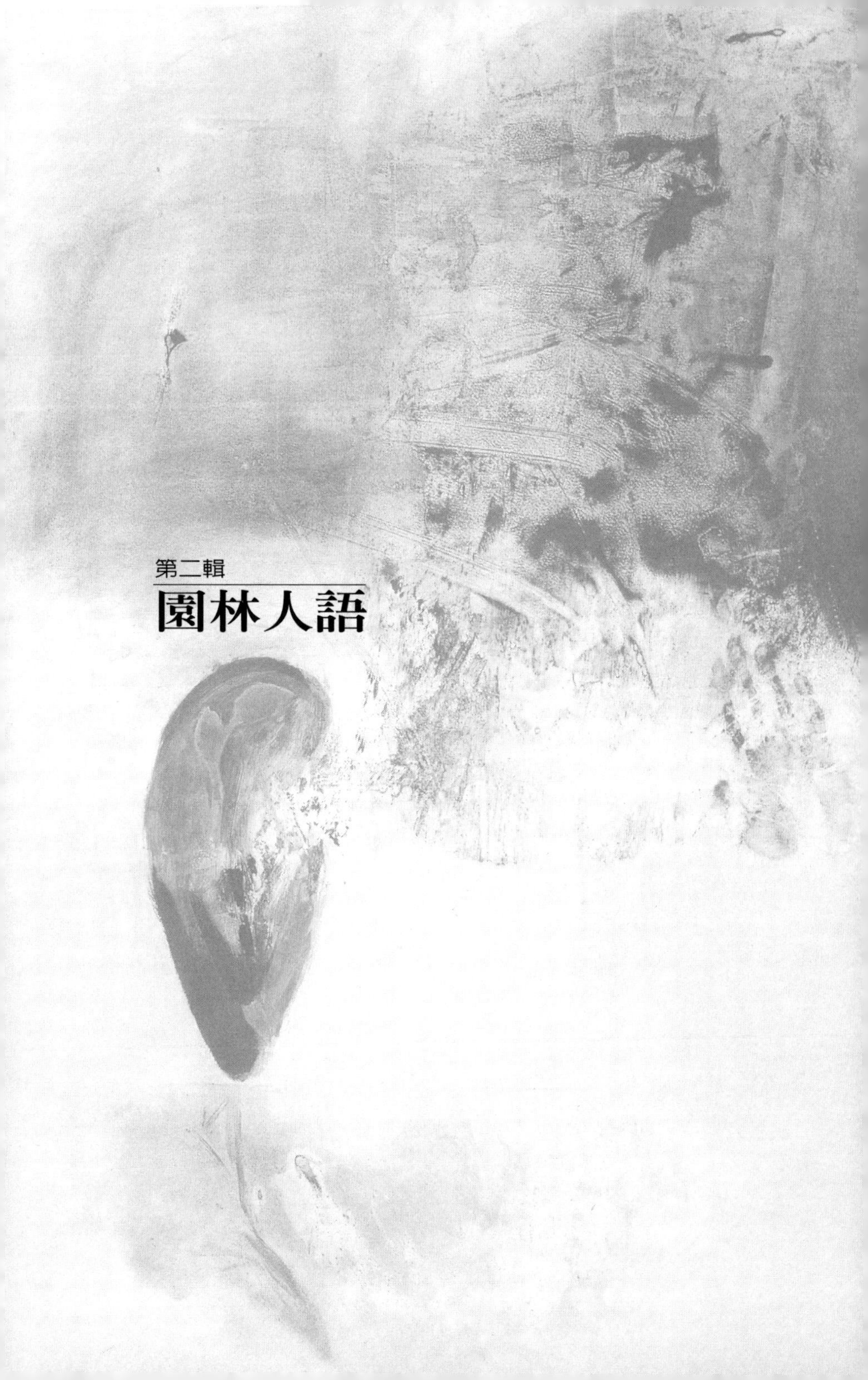

園夢

園藝跟淫慾一樣，都是飽暖以後才有可能的事。跟淫慾不同的是，它主要調動腰以上的種種潛能。因此，腦有多少層次，園便能容納多少層次；心懷多少想像，園也能體現多少想像。園林的創造、開拓和經營，因此是個無邊無岸無涯無際的發明空間。這一點不難明白，因爲園就是人間的天堂，天堂理應無邊無岸也無涯無際。

關於園，中國人最習慣的講法是「花園」。這兩個字，無端透露了小老百姓的願景，也暗示低層社會的容易滿足。一切美好事物，「花」是最顯而易見的象徵。百花集中於庭院，一般人的天堂便具體實現了。

美國一位植物探險採集家辛克利（Daniel J. Hinkley）指出，「花園」這個概念，已經漸漸過時。過去一百年來，由於財富累積和消閒時間的增加，人們對於園藝的要求，已從炫眼奪目的「花」逐步向生態意涵更爲豐富有趣的「木」轉移。甚至於各類有觀賞價值的「草」，也開始登堂入室，成爲園林設計的新寵，灌木與喬木，不再只是配襯了。

辛克利說，近年來，植物配種與選種的趨勢，走向了「木質」的植物，他舉了一個例子。北卡羅來納州立大學的山地園藝研究推廣中心，在蘭訥博士（Dr. Tom Ranney）領導下，今年推出一個夏蠟梅的新品種Calycanthus 'Venus'（維納斯夏蠟梅），能夠長期綻開白色染紫並帶甜香的玉蘭型大花。這個有趣的開花灌木是個三P成品，園藝界術語叫做menage a trois（法語原義爲「三方家庭」，即夫婦二人加任何一方的一位情人同住的家庭）。這三方還有一方來自中國，即原產北美洲的Calycanthus floridus（美國夏蠟梅）配C.occidentalis（加州夏蠟梅）再配C.chinensis（中國夏蠟梅）。

提起蠟梅，中國人一定聯想到「伴我書聲琴韻，共度好時光」那句歌詞。但夏蠟梅不是蠟梅（學名Chimonanthus praecox），前者俗稱allspice（多香果），是一種芳香性灌木，後者俗稱wintersweet，才是每季最早開黃花且有異香的蠟梅。

至於爲什麼Calycanthus與Chimonanthus都是譯成蠟梅？這是中文園藝學界經常混淆不清的分類學命名問題。據我觀察，豈只兩岸三地的園藝名稱彼此尚未統一，三地自身內部也常有一物多名或多物一名的現象。

這是閒話，不談了。

且回到園林。

除了上面提到的由「花」到「木」，還有幾個值得注意的園林趨勢。

首先是「草」的問題。這個「草」，不是前文所說的「觀賞草」(ornamental grass)，而是構成大美國園林傳統特徵的大片草坪上的「草」。這種「草」，不但在美國農業經濟裡面占有一定的位置，而且可以說是典型美國文化的一部分。據估計，美國化肥工業最大的消費客戶，你可能想不到，不是農業客戶，而是普通家庭。

只要開車到任何城市邊緣的郊區去轉一轉，家家戶戶都有或大或小的至少一方草坪。爲了養這些草坪上種下的「優種草」，春夏秋三季得施不同的化肥。這些化肥的總使用量，超過農業用肥。

沒在美國郊區生活過的人不可能了解，這種「草」可不是隨便亂長的。陽光下的草與陰地的草不同；供兒童嬉戲因此不怕踐踏的地方，與人跡少到因此不虞踐踏的角落，得使用不同的草種或不同的多草配方。

爲了適應各種條件和環境，草的配種成爲大學和研究所的專業，而且不用擔心經費來源，因爲有的是經營「草業」的大公司資助。高爾夫、棒球、足球等運動場地的用草，就更複雜了。展望未來，由於環境意識的日益普及，我感覺，這種「草文化」可能日漸式微。

不少專家看出，園藝界有個新潮流，就是推廣耐旱和強悍的植物品種，鼓吹以符合本地自然生態要求的植物爲主材的新園林觀念，設法取代傳統費水耗肥的「草坪」與「花圃」。

事實上，西方園藝界自從維多利亞時代以後，以英國羅賓遜（William Robinson）和杰克爾（Gertrude Jekyll）等園藝大師爲代表的理論，早就在倡導自然植物群落的再創造與再詮釋，美國的簡森（Jens Jensen）也主張本土主義，注意當地植材的利用。對於他們，園藝的眞締即是與大自然生物與非生物體系的一種藝術對話。毫無疑問，對於近年來靠人工水源灌溉和大量化肥維繫的園林，他們一定會拚命反對。

可是，美國現在開始檢討自己的作爲，終於走上了現代化道路的兩岸三地，卻毫無反省能力，處處模仿，事事抄襲。只要到台北、香港、上海、北京等大都市「現代化」速度最快的那些地區去逛一逛，立刻可以發現面臨淘汰的美式園林，正以瘋狂的速度和不惜工本的代價，在觀光飯店、工業園區、大型基建設施和摩登住家社區周遭成片複製著出現。

外觀的虛矯醜怪不談，知識上的盲目與社會成本的浪費，實在令人痛心。

園林是人的創造物，因此，什麼樣的人便會有什麼樣的園林。同理，園林的外觀與內涵，也必然反映它們的創造者——人。

日本的僧侶園，無論是沙石扒梳的水痕還是反景入林的苔綠，必然傳達日式禪機的意趣。凡爾賽宮的幾何構圖園林，不過是要顯示十九世紀歐洲理性主義的自信。中國的文人園，也有它自己的選擇，不外是儒家的天人合一和道家的素樸恬淡。清代大鹽商的怪石堆疊，自然更反映了他們「花開富貴」的占有慾。

創造園林的人，如果不能眞正進入植物本身，這些「成品」必然缺乏有機的生命。天堂理應無邊無岸也無涯無際。無邊無岸是空間，無涯無際是時間。

這樣的園林觀念，只有在構成園林的主材料（植物）給適當安放在有機生長環境裡面才有可能成就。

我因此有一個夢。

假如我有用不完的時間。

假如我有用不完的精力。

假如我有用不完的財富。

假如我有用不完的知識。

我就想到地球上每一個地形、土壤、氣候條件不同的地方，各買一塊地。地無需太大，也不能太小，要之，有足夠空間讓當地所有有代表性的大小植物安身立命，該成片的成片，該成林的成林。

然後，仔細調查研究這些本土生物的生命循環、生長習性和必不可少的共生關係，把它們最天然的美，重現於夢園。

這樣的園，是眞正快樂的園。它不必表達人的理性，不必訴說神的旨意，不必宣傳和尚的智慧，也不必解釋哲學家的理念和藝術家的感覺。它只是快樂地活在那裡，讓走進其中的每一個人看見，啊！這就是幸福。

這樣的園，當然只是我的夢話。

完美的早餐

要成就一次完美的早餐，談何容易。仔細想想，這麼多年來，也就這麼一次。

天時、地利與人和，缺一不可，其中地利尤難，得有長年累月的經營與磨合，等到成熟的時候，一切已了然胸中，只等天候適度，人脈融洽，可以見機行事了。

故先從地利談起。

有人說，所謂的「美國夢」，到頭來，絕大多數人，碌碌一生，只攢下一座房子罷了，其餘皆鏡花水月一場空而已。不過，房子倒是不空，端看如何選擇，如何運用。

我這敝帚自珍的老屋，是五十多年前一名義大利裔的藍領階級創建的。此公出身黑手黨，因此談不上什麼品味，但有一個好處，黑手黨好大喜功，在此一地段，與四鄰相比，占地特大而用材多屬百年不壞的原料。光是全屋的上等橡木地板，近年新建者，絕少此例。

但老屋有一大缺陷，由於地勢傾斜（前低後高山坡地），每年雪水融化，常氾濫成災，黑手黨辦了件好事，在房子與後山原始林之間，造了一堵堅實的防水牆。水澇問題雖解決，但整個家園像被腰斬，前後院彷彿兩個互不相屬的天地。

購屋五年後，稍有餘力，遂在二樓加建書房一間，便開後門，建一紅木陽台，連接後園。

這座陽台，如今不但是承上啓下的橋梁，更成爲戶外活動照顧全局的中心。

沒有後山那片「原始林」，早餐不可能完美，這一點，宜細說之。

「原始林」三字加上引號，是因爲它其實不那麼原始，至少跟人們想像中的原始林不太一致，沒有那種緣自太古、深不可測的蠻荒風味。不過，也足夠了，它終究是未經人工處理，千萬年來自生自滅的地方。美洲東北部原生的各色闊葉樹種，由於無人干擾，多能延伸至近百呎的高空。除了樹冠連接成葉海，枝間葉隙有雀鳥穿插營生，松鼠、野兔、金彩鼠、浣熊、臭鼬、花鹿等哺乳類動物，以及蠑螈、蜥蜴與草蛇一類爬蟲，都在原始林的蔭庇下活動。出沒其中者，我還目睹過野火雞的家族巡遊、野鴨的母子散步和過境的雉與紅狐狸。頑童時代的孩子們，曾抓到過烏龜，撿到完整的鹿角。

「原始林」的地表，經常覆蓋成年積疊分解不息的腐殖土，然而，四季的變化依然默默進行。有一種葉形巨大的野菜，美國人俗稱臭鼬菜（skunk cabbage），中國人一般叫澤蘭，每到初春雪水融化，便在後山腳下低窪積水處怒生成叢，往往樹的葉芽尚未展開，便已像聚結成球前的高麗菜似地舖滿那一帶因樹冠無葉而陽光直射的地面。那時節的林地基本還是枯黃，卻從未見任何食草獸染指，也許它天生有種自衛機制，正是它名稱由來所暗示，竟能每年安然完成生命循環。春末夏初，它們便不見了。

有一種野生的球莖植物，不知其名，也是逢春必來，春去即歸。葉片薄，形似蝴蝶蘭而略窄，葉面有淡黃透紫斑塊，無莖，開一種金針菜色的小花。球莖植物中，野生但早已引入園林的是開一串串鈴鐺形小白花的野谷百合（lily-of-the-valley）。它們的繁殖方法可能是根、種並行，因此像游擊隊一樣，除了原地不斷擴大成片，也偶在原無此物的地點出現。也許因爲它天生謙卑又生生不已，竟成老妻的最愛，每年春天必往林中搜尋，並掘出部分裝盆，贈親送友。

林地裡最惹眼又養眼的是羊齒。

羊齒不能沒有野味，養在盆盎的蕨類植物，看來總有種「屈就」的感覺。當然，熱帶原生於瀑布岩壁的鐵線蕨（maiden hair fern）不在此限，它就是需要盆栽，才有可能層疊蓊鬱如雲蒸霞蔚。我曾在非洲瀑布岩壁上發現它的蹤跡，生命也許頑強，卻因自然條件限制，無法充分發揮。後在肯亞某蘭友溫室中見到，始驚爲天人。以特大號陶缽馴養，給以充足水分與過濾陽光，無需施肥，其繁茂昌盛程度，裊娜娉婷之態，野生環境絕無可能。但此地土生的羊齒，質地堅厚，性格頑強，收在盆中則似東施效顰，留諸野地始成其風貌。

多年前，兩個孩子陸續讀完大學，各自取得謀生能力，我的經濟負擔突然減輕，遂請伐木服務公司，將草坪周邊礙眼且具威脅性的野樹十一株悉數清除（若遇暴風雨，有樹倒壓屋的危險），草坪因而擴大一倍有餘，林邊環帶地段則置花樹若干與各色耐寒杜鵑，並遍植葉形似箭簇花色若紫雲英的西伯利亞鳶尾，林地外緣陽光雨露仍可供季節性植物生長之地，埋下了數以百計的黃水仙（daffodil）、西班牙藍鐘（Spanish bluebells）和粉色番紅花（crocuses）的球根。此後每年春秋培以腐殖土，任其繁衍。

如是，行之多年，完美早餐的地利條件，終於準備完成。陽台上的野餐桌，可以隨時待命了。

地利勢必要有天時條件的配合，否則何來完美?

在一年四季的各種節令中，就早餐而言，唯有仲春那一段日子，可供選擇。夏日炎暑，秋肅殺而冬蕭條，皆不可行。初春如黃花閨女，春末如美人遲暮，陽台上，也不宜盤桓過久。要之，放眼四望，欣欣向榮的氣象，應似絕色女子，恰在其風華正茂稍縱即逝的歲月，過猶不及也。

紐約這個地區，雖屬大陸型氣候，但因大西洋近在咫尺，每年春季，往往變幻莫測。四月中上旬，經常乍暖還寒，五月中下旬，往往暴雨成夏，只有四月底到五月中約莫兩個禮拜的時間裡，各種風險因素，大致消除，這時候，完美早餐的實現，隨時可能來臨，但還需密切注意以下幾個指標性的發展。

第一，陽台右前方經過長年修剪整形而成羅傘寶蓋狀的紫藤，上百條倒垂的穗狀花序，有沒有露出靛藍？

第二，原始林前緣和陽台兩邊的防水牆上方，各色溫帶杜鵑群植，是否含苞待放？

第三，陽台上右望，高過鄰家牆頭的那株先花後葉的中國紫荊，枝條上如紅色珍珠成串的蓓蕾，開始飽漲了沒有？

第四，陽台上左望，防水牆成九十度轉折的那個角落裡，利用防風防寒小氣候環境栽種成活的小片竹林，竹竿是否轉青？綠葉是否舒展？

第五，陽台左右上下望，兩塊花圃裡經營了多年的各類改良種玉簪，初初攤開的黃、綠、藍、白各色闊葉，是否逃過了蛞蝓偷襲？完整體現了晶瑩欲滴的飽滿生命狀態？

第六，原始林的萬千枝條，是否已被億萬翠色葉片覆蓋？

第七，四老是否能夠全員到齊？

所謂「四老」，指的是老大老二兩個遠居他州的孩子和老妻老夫一對早已無話可談的怨偶。完美的早餐足以化解多年累積無從冰釋也不可能消失的一切齟齬、磨擦、爭執、矛盾和遺恨，足以讓生活裡無端惹來的所有不切實際的妄想和幻覺，長期落空的希望和夢境，永恆騷擾的執念和挫傷，全部乾淨徹底歸零。

得抓緊時間了。

兩個孩子各有自己的事業，又都在他方謀生。四月下旬到五月中旬，一共不過半個月，得提早通知他們，選定其中的一個禮拜天。得密切注意時靈時不靈的天氣預報，且焚香禱告，預定的日子裡，沒有任何意外。

今年五月二日，早晨六點左右，我被窗外呼晴的鳥聲喚醒。梳洗完畢，趁家人未醒，開車上道。先到三哩外一家白俄開的西點麵包房，給老大老二買到了法國羊角包（croissant）和奶油蛋捲（brioche）。再往五哩外的猶太店給老妻買罌粟子和芝麻粒敷面的bagels（硬麵包圈）。回到門前，拾起了《紐約時報》，走進廚房，開始把事先配製的咖啡粉（French Roast、Columbian和Kenyan各三分之一）放進壺中，再把餘人叫醒。

早晨七點半到九點，陽光溫而不熱，明而不亮。鳥聲喧譁，但不嘈雜。原始林上方，輕風搖動樹葉。陽台上，遮陽傘下，老妻與孩子們的對話，十分家常。我沒有插嘴，只漫不經心地瀏覽著《紐約時報》上紛爭不斷的世界，彷彿聽見一個聲音不知在對誰說：

「想不到，活著真好！」

淚眼問花

每年開春，我有個日久成習幾已昇華爲儀式的散步，地點選在車程十五分鐘的布朗克斯植物園。

所以選這個地方，有幾個原因。第一，它距離不遠，因此不必特別準備，興起便行，興盡即歸；第二，植物園位於我家南方約二十餘公里。在冬末春初這種節氣，布朗克斯看到的迎春動態，一星期後便出現在自己的庭院，所以，這是暖身預習；第三，這個市立植物園有悠久的歷史，保留了少數冰河期以後的古老原始林，新種植的常青樹種和觀賞花木，品類繁而分植於不同的小環境，尤其是它著名的亞洲種杜鵑、高山岩石植被和多年生草花園，都是每年必訪多次的景點，開春的動態若不了然於胸，以後便無從比較了。

然而，這個儀式，卻不一定輕鬆愉快。

初春期間，美國東部原生種的落葉喬木如楓、櫸、榆、橡……都選在這個時候開花撒種。這些樹種高大壯觀，花卻極小，並無觀賞價值，可是，一棵樹傳出的花粉，無法計算，至少以百萬計。特別是惠風和暢的艷陽天，空氣裡布滿它們的子孫後代，連氣象員預報都必須提供資訊，就叫做pollen count（花粉指數），警告敏感的人，千萬注意預防。

有一年，約了兩位同好如期舉行儀式。事先聽過天氣預報，故早有準備，一進園門便各自戴上了口罩。三個戴面具如臨大敵的亞洲人，在陽光燦爛的禮拜天，蹓躂在周遭如《綠野仙蹤》的世界裡，被一位金髮碧眼的老太太迎面碰上，不免好奇。

「你們這是幹嘛呀？」她問，手指著嘴巴。

「花粉熱！」三個人異口同聲。

老太太看來是個上流社會有修養的人，卻衝口而出：「Silly（傻蛋）！」

本來嘛，她的評論也沒錯，既怕花粉就不要來，既來了，就不要怕，戴口罩逛園，實在不成體統。

不過，她可能是天生體質對花粉不會敏感，何嘗能夠體會，她的評論，聽在我們耳朵裡，實與「何不食肉糜」沒有分別。

花粉雖無毒，但對敏感的人，比毒藥還狠，輕者眼睛紅腫、耳朵發癢，重者噴嚏不止、涕泗橫流、魂飛魄散，尷尬痛苦而無地自容，恨不能將自己的耳鼻眼喉全部摳下來消滅之。

據統計，美國患鼻道敏感症的人約四千萬，其中六五％（約二千一百萬人）屬於花粉敏感原的受害者。在這兩千萬人中間，大約有一千四百六十萬人，除了涕淚交流而「痛不欲生」，還可能有更嚴重的後果。打噴嚏、咳嗽、擤鼻涕搞到流鼻血者算是輕微症狀，最壞的可能引發氣喘，甚至因此致命。

造成鼻道敏感的病原，除花粉外，還有許多其他起因，陳年老屋累積的灰塵裡暗藏無數塵蟎，尤其是地氈、沙發、舊書和陰暗角落通風不良處容易滋生霉菌，都可能成爲侵襲人體的罪犯。

跟塵蟎與霉菌不同的是，花粉是季節性產物，所以，凡有幸得此症者，世界越美麗，人生越痛苦。在北溫帶的紐約長住，春秋兩季本應是似水流年如花美眷共同享受的時光，花粉熱一來，彷彿大難臨頭，各人自尋生路。

諷刺的是，花粉熱其實不是病，只是錯誤警報誘發了人體免疫機能的過度反應。醫學界認爲，花粉熱之所以發生，是因爲花粉進入鼻道後，人體本能產生抗體，這種抗體中含有組胺（histamine），組胺刺激上呼吸道，從而造成腫脹，噴嚏、眼淚、鼻水……，所有毛病都來了。

也就是說，別人原不是來攻城的，自己緊張過度，手腳大亂，造成了莫須有的災難。

我家老二，十歲不到就出現了嚴重的花粉熱症狀，千方百計找到一位名醫。名醫規定：每星期到他診所一次，除了打針，他不給藥，也不治療。此外，每次去，父母必須陪考，他叫做seminar（研討會）。根據他的理論，花粉熱是一種心理狀態誘發的病態，尤其針對年幼兒童，父母在場不僅有安慰作用，父母本身對病情全盤掌握，事事配合，才能根治。而打針更是個長期作戰，因爲名醫說：「地球環境中可能刺激人體反應的物質何止千百，不知道是哪一種，如何有效預防？」說得很有道理，小孩可苦了，如果每一種潛在敏感原都得抽樣打針送進孩子的身體裡面去，再觀察他是否有反應，則完成確診至少要三年時間。不但孩子不堪其苦，父母也不堪其擾，只得半途而廢。

這時候，恰好聽朋友說，他的花粉症，經過針灸，居然不發了。於是，全家大小，移樽就教，每個人身上插鋼針、燒艾草，歷時數月，花粉一來，依然涕淚交流，不能自止。

最恐怖是凌晨起床時刻，鼻子忽然像壞了的水龍頭，嘩嘩流出來的不是鼻涕黏液，而是清水。之所以恐怖，是因爲水流似乎完全失控，不得不懷疑自己身體這部機器是否就要解散。

花粉熱患者求藥的誠心至少比得上仙山盜草的白娘娘。

同病相憐，每有新藥面世，受難同志必定奔走相告，這二、三十年，我試過的藥至少在一打以上。九十年代初，加拿大據說不用醫生處方便可買到claritin，遂打長途電話託親朋好友大量採購航空供應。這種新藥居然十分有效，一天一粒，二十四小時之內確實維持了做人的尊嚴，而且，毫無副作用，不頭昏不瞌睡，上班作息一切照常。可是，好景不常，一年後再服，便跟其他試過的藥品一樣，完全失效。

也有人說，練氣功、打太極拳可以改變體質，故也曾如法炮製。可是，我練氣功，身心宛如頑石，從來無法入靜得氣，體質當然無從改變。太極拳對我就像永遠投入不了的舞蹈。曾經有位女性朋友熱心教我跳舞，最後只得嘆口氣放棄：

「你身體怎麼那麼僵硬，一點韻律感都沒有！」她說。

可是我自忖，打籃球的時候，尤其大學最後兩年，不是還被人譽爲「台大黃國揚」（當年國手前鋒）嗎！

因此，中西醫、佛法、傳統練身術……遍試無效之後，只有一條路好走──預防。

預防的道路以盡量避免花粉進入呼吸孔道爲主。除了戴口罩，屋子裡必須有避難設備──臥室門窗密封之外，並加裝最先進的空氣過濾器材。

爲了讓今年的春秋兩季平安幸福，花了六百美元購置離子風殺菌器一台。這種「高科技」裝置有兩個組成部分：其一使用靜電推動空氣通過一組充電的不鏽鋼片，空氣中的任何微粒異物一經充電，便吸附在鋼片上（過段時間加以清除）。此外，裝置中還有一具飛利浦公司生產的紫外線殺菌消毒燈，所以除花粉外，大凡細菌、霉菌和病毒，一律殺無赦。

每年五月下旬，我家例有牡丹花會。住在曼哈頓高樓大廈裡的一班朋友，屆時呼朋引伴相約到茅舍飲酒作樂，過上花團錦簇的一天。沒有人不羨慕我得天獨厚住在如此逍遙自在的花花世界裡。

我也不予拆穿。沒有人知道，每讀「淚眼問花花不語」那一句，「淚眼」兩字，我是另有體會的。

久雨初晴

這個週末，畫家莊喆和楊識宏來我家包餃子、爬山、看電影。三項活動好像性質各異，怎麼能一塊兒舉行？然而，我發現，相交淡於水的老朋友之間，彼此自動爲對方設想，往往互動共享，從而創造出一種相處方式，竟然十分美好。

約會是一個多星期以前便訂下來的。當時，我看今年吾園的牡丹潛力無窮，仔細算，各色蓓蕾不下兩百粒，估計日暖催花，到期必然盛況空前。原打算約齊城裡居住的藝術家朋友們共度一日，不料有事的有事、生病的生病，結果只有他們兩對夫婦應邀，我的遊園賞花計畫不能不改變初衷。

加上天公不作美，紐約入春以來，霪雨連綿不斷，氣溫冷熱無常，牡丹花苞提前開放，風吹雨打，飄零萎謝，佳期未到，奼紫嫣紅已紛紛落土蒙塵。

如何招待客人不免焦心苦思。

忽然想到久未涉足的洛克菲勒家族保留區。莊提議他有兩套珍藏影帶，晚上可以消閒。爬山時，莊說，富翁裡面有壞人，也有好人，這話確實符合儒家的精神，事實也的確如此。洛克菲勒家族，應該算是好人的代表。這個家族，從老約翰．洛克菲勒創辦「標準石油公司」發了大財以來，三代之中，出了不少慈善事業家，從社會救濟，獎勵藝術到大自然的環境保護工作，確實捐了不少錢，我們出遊的這個自然保留地，便是其中之一。

老洛克菲勒從十九世紀末開始，陸續在紐約州威斯徹斯特郡靠近赫德遜河谷的山川優美地帶，收購了大約四千英畝土地，其中包括原始森林、草原、丘陵、濕地、湖沼、溪流和懸崖峭壁。整個地區以這一帶生活過的原住民部落波坎提戈（Pocantico）命名，稱為波坎提戈丘陵（Pocantico Hills）。自一九八三年開始，先後捐出一千多英畝，交給紐約州公園、休閒、史蹟辦事處管理，並由洛克菲勒三世基金會撥款，作爲新成立的洛克菲勒州立公園保留區經常管理維護的經費。

保留區內除山林、草原、沼澤和面積二十四英畝的「天鵝湖」（Swan Lake）外，還有歷年人工修築的馬車道二十英里，登山越野步道四十多條，和風景絕佳的觀察點若干。園方根據洛克菲勒家族的意願，園內除散步、慢跑、爬山、季節性釣魚（要執照）、滑雪、騎馬和攝影等活動外，禁絕一切可能破壞自然生態的露營、打獵和機動車輛，包括登山自行車和雪車。

我們選擇了靠近一一七號公路的波坎提戈河步道遊覽。這條步道沿波坎提戈河蜿蜒北行，全長一點九英里，坡度不大，來回約一個半小時。波坎提戈河其實是一條溪流，原住民命名的原意是「兩山之間的暗溪」。這個「暗」字指出了其中隱含的風光，蓋溪岸兩側原屬一萬年前冰川遺蹟，曲折處，磐岩雄據，開闊處，微見天光，樹高林深每見古藤纏繞，草青溪淺，偶遇鱸鱒跳水。步道本身則寬闊有餘，其實是馬車道與步道並行之處，保留地管理員工更就地取材，沿溪岸築列紋路奇特花色不一的巨石，方平者適於休息歇腳，崎嶇者可供觀覽欣賞。

沿途所見草木全屬本地原生植物，無一人工栽培。此處仍在溫帶，除少數北美種鐵杉和東岸白松之外，絕大多數是落葉喬木，以美國梧桐（sycamore）、山毛櫸、櫟、楓、楡、梣和鵝掌楸爲主。威郡因爲是丘陵地，與長島相比，較不受海風影響，因此樹木多高大，我家後山便有不可侵犯的莊嚴，但這一帶眞正是名副其實的原始林，尤其是樹幹本就粗壯筆直的鵝掌楸，生長在它習慣了的老家環境裡，發揮了全部潛力，近看時脅迫威逼，讓人喘不過氣，遠望只遙見樹冠摩天，彷彿雲梯。

樹木高大古老往往引起人的宗教感情。我記得多年前遊加州優山美地（Yosemite），山頂少有人蹤，一大片千年紅杉（sequoia）巨物，萬籟俱寂，似乎連鳥都不敢發聲。面對這些神靈，你眞有不得不跪下去的感覺。楊識宏與莊喆都來自台灣，但我們結交卻在美國。楊是畫家中較少見的對諸多問題善於潛沉思考的知識人，每次見面常有談不完的話題，尤其是近年來，畫作中隱隱透露人對大自然幽微深邃的孺慕敬畏。

與莊一家更有些歷史淵源。六十年代中期在台北參與《劇場》雜誌工作，莊靈即爲同人。封面「劇場」兩字樸拙的隸書，就是莊嚴伯父的手筆。

莊家可以說是今世難得的一門儒雅，除莊伯父一生奉獻於國寶文物的保護典藏，他一家四兄弟都是終生不渝的藝術工作者。遺憾的是，一直無緣認識大哥莊申。二哥莊因則是台大文學院的同屆同學，莊因除了散文上的成就，更是當代知名的書法家。這兩年我開始對書法發生興趣，老來學藝自是力不從心，常向莊因請教。

我們的「電影晚會」從餃子宴後開始，在座者還有不少聞風赴會的關心藝術文物的至親好友。

第一部放映的是對岸中央電視台專題攝製組拍的「故宮文物南遷」紀錄片。電影追蹤了一九三一年「九一八事變」後的時局狀況，說明了故宮文物南遷前的各種困難和阻力，並跟蹤南遷的三條路線，重新回到抗戰期間掩護儲藏國寶的洞穴和倉庫，訪問了如今碩果僅存的一些相關當事人。

這部電影的攝製技術稍嫌落後，編輯方式也不夠緊湊，但大體上照顧了大局和細節，尤其是意識形態上出人意料地保持中立，顯示了實事求是的精神。第二部電影是台灣公共電視台「重返歷史現場」系列的一個單元，由學者莊伯和（莊嚴學生）主持，邀請了三位與國寶南遷歷史相關的人士參加討論，主軸則是莊家三兄弟（大哥莊申因病未成行）重回歷史現場尋根問柢，最後帶出這批文物精華如何歷經艱難險阻來到外雙溪的因緣，並因此造就了台灣，成爲舉世聞名的研究中華民族文明發展的重鎮。

當事人在場，電影看起來便特別有興味，鏡頭上出現貴州安順的藏寶天然洞穴，莊的旁注是：「那時候，我們小孩經常跑進洞裡，練夜光眼……」

順便一提，那晚上的餃子有三種餡，黃芽白、韭菜和瓠子，最精采的是餃子皮，因爲有道地北方人和麵擀皮，口感遠勝市場現貨，配上加州紅酒，風味絕佳。

更應一提的是，吾園牡丹雖遭天譴，卻意外發現波坎提戈保留區的入園處，新種了五百株牡丹。

原來「九一一」後，盛產牡丹的日本新瀉縣，趁機大做民間外交，贈送禮品慰問紐約居民。「在這個了解別人文化對雙方有益的世界上，這些牡丹花可以作爲美麗的開始……」保留區之友俱樂部主席喬治·古敏納先生在牡丹園樹立的紀念牌上如是說。

這個週末的主題，不恰好是文化的衝突與和諧，而衝突的始作俑者，無非是大自然腳下的人類愚行。

盆栽四季

在我為期不短的「拈花惹草」生涯裡，盆栽這個領域，最缺乏專業精神，理由何在，我至今也不甚明白。也許是先天性情比較傾向英國的園林哲學傳統，相對之，盆栽的創造、經營和管理，不免自覺有違自然之嫌。然而，小小盆栽天地之中的四季，不也一樣是大自然生老病死全部規律的完整重現嗎？而我的投入，卻又始終有點冷熱無常，為什麼呢？

也許是美學觀念上還有些不易明辨的障礙吧，我有時也這麼想。

百年以上的五針松，收縮於方尺之內的陶盆，雖有盤根錯節之奇，皮色斑駁之老，枝枒參差之美與針葉亭亭之變化造型，恍如遠山雲飛霧散，一幹曲折忽隱忽現，蒼翠點染似有似無，這種對盆遐想的時刻，固然很符合東方文化的某些特質，卻總覺不如西方園藝美學中某種無法取代的經驗。

園藝是大自然的精緻重造，這無論在東方或西方，大體是一致的。陶盆內的五針松，原始的靈感也許直接取材於類似黃山的天然造境，也許脫胎於騷客詞人的吟詠，也許竟是水墨畫作的二次模擬，總之，雖然也是大自然的重造，這一葉之剪裁，因受東方庭院格局的拘束，終究「大」不起來，難收盪胸絕眥波瀾壯闊之效。

多年前，閒居無聊，驅車往長島某園參觀。該園為某世家豪門舊居，如今捐為公物，但因地處偏僻，知者不多，平日遊客本已稀落，我去的那天又恰好是週末過後，上千英畝的地方，僅聞鳥語，不見人跡。時間是下午三、四點鐘，節氣正當杜鵑與櫻花競開，而多年生草花圃只有新綠，尚無花蕾，我因此丟下了導遊圖，哪裡有顏色，就往哪裡逛。

記不清楚究竟逛了多久，反正逶迤迂迴，飽覽奼紫嫣紅之後，感覺上已經到了水窮處，恰好有張紅木長椅，滿腦子的彩色繽紛，必須紓解一下，遂坐下吸菸。眼光跟隨裊裊上升的煙霧，首先入眼的是波浪微微起伏彷彿綿延到天邊的大片綠茵草地，卻在盡頭處，視線被一群暗紅的巨物擋住，下不見綠草，上不見藍天。因為距離遠，看不真切，那巨大的暗紅團塊竟似層巒疊嶂。然而，想像中，這一帶園林基本上建造在平坦的地形上，整個長島都沒什麼山，怎麼可能有高山自平地轟然聳立的奇景？

那天，我足足在園中來回走了三趟，無非是要從不同的距離和角度，領略一下那幾株參天的紫紅葉歐洲山毛櫸（purple leave European beech）個別和集體呈現的壯觀美。

主幹最粗的那株，跟阿里山神木和加州幽山美地（Yosemite）的巨木紅杉（giant sequoia）不相上下。山毛櫸主幹入地處的根型很特別，像非洲大象的腿，四面八方緊緊扒住表土，深入地層。樹皮泛白，皺紋密織也似象皮。因爲是溫帶闊葉樹，秋後葉落盡，整體形狀在寂寥長冬，便像有上萬個千手觀音，互相擁抱著指向天穹。從春至秋的生長季節裡，山毛櫸的葉片，似乎凡見光處都予滿占，交互層疊幾至鳥雀無法穿越，樹底的地面遂終年沒什麼陽光，雜草都無法生存。而樹冠之壯實雄偉，遠望似摩天大樓，近看令人喘息敬畏，尤其是歐洲種的紫紅葉，在綠葉族的環繞相襯下，簡直不似生物，讓人覺得若無神力相助，不可能成就如此驚人的巍然不動。

這樣的神物，如何入盆？如何在盆中重造精神？

我確實在書本上也曾在一個盆栽展覽會中見過陶盆中的山毛櫸，體質健康且姿態不惡，不過，難免有點像玩具了。

大概就由於以上諸如此類的原因吧，我的盆栽作品始終不能入流，事業永遠起飛不了，雖然斷斷續續，也有差不多二十年的時光，忽冷忽熱地伴隨我的四季作息。

不妨依著四季的順序，簡單說說其中不乏的些許苦樂。

十幾年前，修房子剩下一些木料，恰好南面窗下有一溜牆，光禿禿暴露於難得的陽光中，既爲遮醜，也爲了光照浪費可惜，就利用這面牆前的空地，搭了個盆栽架。

盆栽是歷年來早就累積了一些，主要兩個來源：園中種下了二、三十個不同品種的日本楓，有的種子能夠自行繁殖，有的種子雖經採集培養卻從不發芽（多爲雜交改良種）。發芽的日本楓，任其在園中生長，不到三、五年，便有小指粗細，遂收入盆中。另一種來源則是逛苗圃偶然會發現體態違反商業標準的名種常青或落葉喬木與灌木，苗圃主人往往賤價求售，我也等於撿了便宜。

每年開春便是悲欣交集的時候。

盆栽在我們這個地方過冬，每年都要通過爛根、裂盆與組織徹底破環的嚴酷考驗。爛根與裂盆有時還有救，頑強的生命可能挫傷元氣，卻也有可能從沒有完全破壞的根幹部分重生枝葉，再創生機。這樣形成的盆栽，往往不需要故意去「做老」而老態自成。

北牆根下是我選定的盆栽過冬區，因爲那一帶靠著屋子透出的餘溫，加上不遠處有堵防水牆恰好擋住了北風，冬防條件比較適合。但是溫度暴升暴降仍不可免，結冰時撐破陶盆、破壞植物的生理組織，因此開春的第一件工作，便是恤死撫傷。

盆栽一一清理上架，日子一天天暖和起來，工作量也便相應增加。

換盆是這一段時間最吃重卻也最可享受的工作。在溫煦而不強烈的陽光下，把根鬚滿缽的植物掏出來，整理修剪，旁邊放一杯上好的龍井，一個上午在鶯飛蝶舞伴奏下，可以過得不知有漢魏。

盆栽教科書對於塡土有嚴肅的規格，尤其是日本的（我只能看翻譯本），但我一向懶得遵守，我用一份河沙、一份壤土、一份泥炭外加一份經乾燥處理的牛糞，攪拌均勻之後，效果也沒太大差別。

盆栽的用盆，也有許多講究，初時愛用國貨，不久就發現，國貨價廉而物不美，不但造型與質地差，一個冬天下來，經常大批開裂或陣亡。後來學會上網，從德克薩斯州一家專營盆栽的公司郵購，只要選在他們季節交替，出清存貨的拋售期，可以國貨相等價格買到日本原裝貨。

夏天是我從事盆栽訓練的季節。由於生長旺盛，剪枝摘芽的工作不可怠慢，否則多年經營的形態可能完全走樣。

中國人做盆栽，喜歡用痲繩纏繞或竹片夾製拉扯，以期日久成形。我的經驗還是以爲日本人利用銅絲柔韌的辦法較爲可取。但這種做法也有個缺點，銅絲纏上個一、兩年，痕跡便留在枝條上，等這種醜態消失，又得不少時日。

秋天是豐收季，尤其是葉變果熟，入冬前的黯然，平添幾許凋零未至的嫵媚，尤其是日本楓，我常在仲夏選一、二株狀態最好的植株，把全部葉片剪除，兩個星期左右，便又生出一樹新葉。這批新葉因爲營養有限，體積相對縮小，纖維更加細緻，色澤愈益集中，比新春發芽時的幼葉還要耐看。

江浙和嶺南一帶流行的盆景，日本人愛玩的石景，對我都沒什麼吸引力。我只爲我的盆栽就地取材，爬山涉水偶遇好看的石塊，牆縫岩側發現的綠絨苔蘚，插入盆土，敷設缽面，雖無奇趣，在我看來，卻比較大方得體。

我的盆栽，不是藝術，是盆裡栽種的四季，日久天長，遂成爲人生變幻的伴讀。

大寨田

好久沒老童的消息了，直到最近，小寧來我家逛園賞花取經，才聽他說：「園子已經成形了，像個大寨田，規模不小，只是種得密密麻麻，讓人覺得透不過氣來……」

我已經多年沒跟老童來往了，他那個園子的「破土典禮」，我還去過一趟。這一算，都差不多二十多年了。二十多年前，我們分別從皇后區搬家到北邊的威郡，老童其實是我們當中的始作俑者，他不聲不響，而且明顯地經過精打細算，買下了當年大夥視爲「豪宅」的這座四房兩廳兼有半英畝山林的獨立家屋，悄悄搬了過來。

那年月，「走資派」的帽子還有點讓人吃不消的，動不動就有人糾出某某，在大小會議上嚴批猛整。我倒是很早便發現，老童忽然從這一類場合失蹤了，他從前熱中的時候，經常喜歡點別人的名，當眾罵人罵得狗血噴頭，有幾次甚至激動到自己痛哭流涕。

我當時便對老童的作風有點感冒，海外學生運動嘛，何必性命交關。此外還有個小小過節，我嘴裡不說，心裡卻不免嘀咕。

那已經是三十年前的事了。老童在美南某大學混得不太好，他也是搞保釣搞昏了頭，快到手的法律博士搞砸了，只得攜家帶眷開了他的老爺車到紐約來找事。

為了面試的時候穿得體面講究，我從衣櫃裡找出那套英國毛料嗶嘰西服給他充場面，不料從此一去不回。等他定居下來以後，我只得硬著頭皮向他要。那套西服我雖不常用，卻是我父親留給我的，實在捨不得。

有天晚上，老童把西服送回來了，卻換了一套平價市場買來的舊貨。我說他可能搞錯了，老童竟然老羞成怒：「我家裡就這麼一套西裝，怎麼可能錯？不信你到我家裡去查！」

我當然不可能去查，只好算了，還得向他道歉，怪自己記憶不清。從那以後，便有意無意跟他保持點距離了。

若干年後，我也決定到威郡安家落戶，第一次買房子，不免謹小慎微，虛心向「前輩」請教。老童倒是很熱心，可是他給我介紹房地產掮客的時候，一定要自稱律師，又給我加上博士頭銜，這套玩意兒，我還是有點吃不消。那時候，老童不過在華埠一家律師樓替人整理資料寫點簡單的文案而已。

老童後園的破土典禮，確實辦得十分講究，我留下的印象，挺深刻的。

一個晴朗的禮拜天下午，我們坐在他家屋後的陽台上，老童一面主持Bar-B-Q，一面跟我們說明他的施工計畫。餐桌上攤著工程圖，圖紙上除了簡圖外，還註滿了詳細的說明。甚至連步道用什麼顏色與質地的石材，每個花圃裡待種的花木名稱，都有具體註解。

然而，喝啤酒吃烤肉的時候，望著他家的後山，卻讓人捏一把汗。

那座山，其實不能算山，只是山的一半。最高點的地方，連接的是個平台，那是他鄰居的後院，已經完全開發的草坪，只不過邊界上留下十幾棵摩天大樹，從那個地方到我們所坐的陽台之間，根本就是一面陡峭的斜坡，坡度不但夠大，上面且纍纍布滿半埋半露的巨石，整面斜坡上，藤蔓纏樹，荊棘叢生。

想像中，要在這種條件下開拓出老童理想中的花園，先別談這工程可能牽涉的赤裸裸勞動力，光是清除那些藤蔓荊棘後，這水土保持問題怎麼解決？就是個沒有專業知識不可能對付的難局。

老童那天卻表現得樂觀而積極，吃完烤肉和甜玉米，又請我們到他的地下室，那裡布置成一間古典音樂欣賞的殿堂，最先進的音響設備置放在橡木地板設計精美的平台上，適當的距離擺著一張古色古香的紅木太師椅。地氈與板壁，據老童介紹，都經過音效儀器測試。

我們聽了一個小時的華格納歌劇序曲，然後才正式破土。

那天算是沒有白吃，幫他挖那丸巨石，腰都幾乎折斷。

那段時間，我們都漸漸離開了保釣運動，各人在自己的世界裡掙扎求生。我雖然搬到老童家附近，彼此的往來卻日益淡薄。然而，總不斷有些消息，在共同的朋友圈子裡傳來傳去。

老童的花園工程，我後來再也沒有直接參與，但經常聽人說，他的確是玩眞的。有人說，他在陽台下面開挖了一個又大又深的洞，租用卡車運來一車車的鵝卵石塡上，又在山上開闢了地下排水系統，全面徹底解決了水土流失問題。又有人說，老童的休閒車變成了植物搬運車，每次到苗圃買花，不是三棵兩棵，而是成批成批以打計數的。甚至於花園用的腐植土，郡政府環保辦公室都拒絕繼續供應，因爲，據說官方認爲，他的用量超過一般家庭百倍，繼續廉價供應對其他人未免不公平了，老童只好租來一部碎木機，把山上砍下的樹打成木屑，自己做堆肥。

老童後花園的落成典禮我沒參加，去過的朋友相告：何止花園，簡直跟植物園差不多了。

然後是那個大雪封路的冬天，傳來了老童「出事」的消息。

地下音樂廳的隔間，是放置洗衣機、烘乾機和中央空調設備的所謂雜用房，那裡面沒有經過裝修，水管、通氣管道和房屋結構的一些支架都暴露在外面。那天深夜老童用皮腰帶，把自己懸掛在一條橫木上面。幸好他體重過人，支架給拉垮了，他老婆睡得還不很沉，發現了，找鄰居朋友緊急送醫院救了回來。

那以後，老童在朋友們心目中的形象，大大的走了樣。從前，老童雖不免老是刺激別人、糟蹋別人，但大夥都覺得，那是因爲他覺悟高，律己嚴，何況，他自己確實是百分之百投入的。保釣熱潮過後，當然也不再有人批他「走資」，因爲反正大家都走資了嘛。而他經營花園聽音樂的熱情，也被不少人看成了一種典範——他做什麼都認眞嚴肅，那麼有決心，他不是常人。

「出事」以後，老童的故事常常帶著「不穩」的意味。甚至於，有一次，據說他服務的律師樓，有人突然抱住他，怕他從十一樓的窗口跳出去。

於是又傳出來老童經常弄神弄鬼的消息，一會兒說CIA、KGB（那時蘇聯還沒解體）、國民黨和共產黨四方面的人同時在追捕他，一會兒又說送信的郵差就是黑手黨的刺客……。

小寧這兩年常來我家，在種花植樹方面，往往向我討教，因此透露了一些輕易不對人言的事情。小寧是老童的遠房姪兒。那天，大概是偶然向他提到：玩花草蟲魚這些東西，不能沒有平常心，一古腦兒往裡鑽，可能走火入魔的……。他或許有感而發，悄悄對我說：

「你知道我那次送我叔上醫院，事先關照好了，看診的其實是位心理醫生，他才開口講沒幾句，我叔便跪下了。

「『你救救我，你救救我……』我叔說。我叔祖是個軍人，你知道。我叔從小就給軍事管理，你知道。我叔十四歲犯了個嚴重錯誤，他強姦了他妹妹，給我叔祖打得頭破血流，差點沒命……」

前兩天，我去看了老童的大寨田，是杜鵑花開的季節。那一山的杜鵑花，怕不有幾百棵，只有一個品種，叫做「母親節」，疊瓣大花，顏色一律，老童的後山，如今覆蓋著一片血紅。

因尼斯夫莉園

從來沒趁初春時節造訪因尼斯夫莉（Innisfree），大妹從台北來，因此成行，備覺酣暢。

在台灣成長並漸入老境的我們這一代，大妹排行老二，六個同胞兄妹中，她是身先士卒投入社會的第一人。一九六二年，也是初春時節，我正在籌畫出國，公務員的父親家計負擔十分沉重，不得不讓高商剛畢業的大妹放棄上大學的機會，參加台灣銀行的招考。家住桃園縣龍潭鄉十一份，考取台銀數鈔員的大妹，每天黎明即起，搭民營桃園客運巴士往返顛簸數小時（當時尚無柏油路），到桃園台銀分行上班。十八歲的女孩，何等心驕氣傲的青春歲月，每天坐辦公桌八小時，數不完成捆成箱的破爛髒臭紙幣。我至今無法忘記她每天回家後躲進房中流淚的情景。

大妹後來利用公餘之暇上大學夜間部，完成了學位，台灣銀行前後幹了四十多年，最近才以稽核專員的資格退休。

退休後的她，在自己的屋頂陽台上有限的空間裡搞園藝，興致很高，經常打電話跟我討論。

陽台上的園藝活動自然有很大的限制，這次來，我決定帶她去因尼斯夫莉走一走，其中有個關節，應該說明一下。

因尼斯夫莉是個天設人造的山水園，建園的概念據稱萌發於中國第八世紀開元天寶年間的詩人畫家王維的山水畫幅，採取了因景造境的手法，開拓了人入景中隨緣散步不斷變化視角與心境的遊園觀念。這是在有限空間裡得無限機趣的原則。我以爲，如能暢遊一番，必能給大妹一些啓發，回台後面對她自己陽台上的小空間，也許會激發一些新的想像與靈感。

讓我再花些篇幅，仔細介紹一下這個北美洲獨一無二的別致園林。

台灣甚至亞洲各地來美國遊山玩水的人，即使對園林有濃厚興趣，絕大多數只知按導遊書前往一些名氣大的園林勝地參觀。位於費城近郊的杜邦家族遺產，名震全球的長木園（Longwood Gardens），每到週末假日，必人山人海。我每次去，遊客中的黃面孔比例一次比一次多，摩肩接踵、笑語喧譁，不能說沒有樂趣。無論如何，長木園的規畫設計，規模之大，品類之繁，確實在北美諸名園中無出其右，尤其是它的連幢暖房，設備周全，收藏豐富，選種精緻，雖然跟在人潮中，只能走馬看花，每次去還是很有收獲。不過，那種滿足感，基本上跟鄉下人進入大都會的豪華購物商城沒有兩樣。驚詫不能說不是喜悅，其效果卻如假日夜空的彩色煙火，瞬間燦爛而已。

因尼斯夫莉所給的卻是完全不同的經驗，我相信，全亞洲，包括品味最高的日本，沒有多少人知道這個「偏僻」地方。

因尼斯夫莉取名來自英詩人葉慈的〈湖島因尼斯夫莉〉（The Lake Isle of Innisfree）一詩，書房裡恰好有楊牧兄一九九七年的贈書《葉慈詩選》（一九九七年，洪範），第二十頁載有此詩。創建此園的貝克夫婦當初命名的靈感源於該詩第七行，原文是：「There midnight's all a glimmer, and noon a purple glow.」楊牧譯爲「那裡子夜是一片燦爛，正午紫光一團」。我覺得，「一片燦爛」四字可能詮釋過頭，跟我到園中的觀感不甚符合，「燦爛」似應改爲「幽明」，楊兄以爲如何？

七十年前，藝術家瓦特・貝克（Walter Beck）娶了明尼蘇達州鋼鐵大王的女繼承人瑪麗安（Marion），立成巨富。傳說他們一九三〇年代在倫敦一家圖書館裡發現了王維的山水畫，遂將觀畫心得重現於紐約州德契斯郡（Dutchess County）的谷地私園。

這個說法有一點問題，我查過手邊的中國繪畫史一類藏書，發現貝氏夫婦所謂的王維遺畫可能有誤，至少不可能是眞跡。傳世的王維山水作品，日本有一幅《江山雪霽圖》，據傳爲元代內府故物，且經趙子昂鑑定，董其昌等人也深信不疑，但明末孫退谷卻斷定爲後人臨本。除此以外，一千兩百年前的王維眞畫，恐已風化無遺。

不管貝克手上的畫是否爲王維作品，有一點可以確信，貝克建園的原始概念是觀賞了中國水墨山水畫才受到了啓發。他自己也發明了一個造園新哲學，定名爲「窩園」（cup garden）。所謂「窩園」，需要解釋一下。「窩」者，以掌窩聚成獨立隔閡的小空間，其形如杯，跟十九世紀歐洲風行一時的框劃風景畫類似。即選擇大自然中一小塊與周遭環境截然不同的景觀，集中加強處理，以凸顯其特徵，並與平凡的鄰近地區相隔，形成景點。貝克的造園觀念後經哈佛大學景觀建築系主任科林斯（Lester Collins）發揚光大，園中初具規模的各個「窩點」，破除了原來的平面視角，發展成三維空間，並將整體園林塑造成一「巨窩」，「巨窩」之中，沿中心湖區按天然水、石、木、草、峰、谷的分布，依勢造形，創造了湖區環狀地帶的無數「小窩點」。每一「小窩點」又配置了各種灌木、草花、石材、古藤、巨樹和購運自中國的磚、瓦、石雕等，使之彼此配襯，相互呼應。故遊人到此，從湖上高坡入口處下望，先產生進入「巨窩」內瀏覽徜徉的欲望，走上環湖步道後，又能隨著「小窩點」各有所長的景觀，駐足觀賞而留戀忘返。

「巨窩」的中心，也就是「杯」底，是略似鵝卵形的湖。湖岸其實不像鵝卵的線條那麼平滑，灣汊曲折迴環之外，平緩山坡地上有高聳入雲、密不透光的原始松林，高峰下瀉的溪流則以人工疊石構成分支細碎的灑花瀑布群，疊石上長年自生著苔、蘚、地衣、羊齒與加種的各類耐寒景天（sedum，又稱八寶或蝎子草），天然的巨石群落也各自構成特區，加上沿湖的沼澤地，濕地上架起了古木橋，適當地點配置著上沖藍天的噴泉和湖裡不請自來的天鵝與水鳥，環湖漫步一周大概非兩、三小時莫辦，眞要遊透則可消耗一整天。

因爲還是初春，睡蓮的幼葉剛浮上水面，荷葉仍無消息，卻見去年的蓮蓬在水邊隨波浮沉。

一九五四年貝克夫婦過世後，因尼斯夫莉這片自然與藝術雜交完美的園林遺贈給「因尼斯夫莉基金會」，由科林斯經營，一九六〇年之後，始公之於眾。

我們從紐約市北郊的威郡出發，沿北上的塔孔尼克公園道（Taconic Parkway）行車約一小時，至四十四號公路交流道出來，經過一小鎮（Millbrook），再開兩哩左右入山，全程不到一百公里。但入園盤桓約三小時，前後所遇遊人（包括慢跑者）不到二十，還是個禮拜天！

大妹說，這要是在台灣，早變成西門町了。

問她心得如何？她答：「我那個陽台也可以分區處理，大陸的植物和台灣的應該按美的原則互相混合配置，不再是本土對抗中國……」

看來，腦子裡的選後震盪，尚未完全清除。這裡還有幾個名園，該領她去走走。

長島種植場

這兩個禮拜，生活的主要節目叫做「兄妹遊園」。

我一共四個妹妹，二妹在台灣教書，三妹在大陸營生，這次參與遊園活動的是大妹和么妹。大妹是苦幹了四十年的銀行行員，么妹在聯合國悶幹了三十二年，現在都退休了。三、四十年的黃金歲月，全身心投入，朝九晚五的生涯，養兒育女的煎熬，如今解脫出來，做哥哥的，能爲她們做什麼？

我領著她們遊園。

上禮拜我們共遊紐約市北方約一百公里神似中國山水畫的因尼斯夫莉園。這個禮拜的重點則在紐約東郊長島牡蠣灣（Oyster Bay）。距家不遠，約六十公里，但因爲要穿過長島海峽

(Long Island Sound) 上的跨海大橋，又要擠進有「世界上最長停車場」之稱的「長島高速公路」(Long Island Expressway)，往返也不下兩小時。不過，這裡也有個好處——知者不多，遊人特少。

高齡過世的蔣宋美齡原在長島擁有一座園林豪宅，就在牡蠣灣附近的蝗蟲谷（Locust Valley)。蝗蟲谷與牡蠣灣，名字聽來頗爲鄉野，卻是豪門巨賈臥虎藏龍之地。美國的二十年代是資本主義飛躍發展的上升期，私酒、鋼鐵、股票、石油等「大事業」造就了不少暴發戶，培養了揮金如土的生活方式和奢華炫耀的擺闊品味，史稱「鍍金時代」(The Gilded Age)。

描寫「鍍金時代」最出名的一本書，即普林斯頓大學輟學生卻又是二十年代的頭號大才子費茲哲羅（F. Scott Fitzgerald）所寫的《偉大的蓋世比》(The Great Gatsby，一譯《大亨小傳》)。這部長篇小說把二十年代的長島虛構成兩個部分，一東一西，一貧一富。富的那一圈他取名「東蛋」，貧的那一圈則叫「西蛋」。據今人研究，「西蛋」即現在的大頸區和小頸區(Great Neck and Little Neck)，如今也都發展成上流中產階級的豪華住宅區了。「東蛋」至今仍然是上流社會頂尖層人物的聚落，境內樹高林深，華屋巨廈藏匿其中，若隱若現，可能包括目前最風光的富豪度假勝地漢普頓斯（Hamptons）一帶，但蝗蟲谷與牡蠣灣顯然爲其中心。另一種解釋則較寬鬆，東蛋者，長島也，西蛋則是紐約市政範圍內的皇后區了。

不明白這些背景，參觀牡蠣灣的長島種植場（Long Island Planting Field Arboretum）等於瞎子摸象。

這個「種植場」，現已捐給紐約州公園管理部門，成爲古蹟保留地，並屬紐約州立大學的一個實驗教學園林，但在一九五五年以前，卻是二十年代暴發的威廉・羅勃森・寇爾（William Robertson Coe，一八六九—一九五五）家族的歌舞昇平之地，其中包括占地四百零九英畝（一英畝等於四〇四七平方公尺）的私家園林和大小不下六、七十個房間的住宅。

「種植場」得名源遠流長，應該追溯到白人「征服」以前的歷史，爲長島原住民馬田科克印第安族（Matinecock Indians）從事農業開墾的處女地。新英格蘭白人移民大約在一六五二年前後開始在這一帶定居，建立了小型農業區。十九世紀末，一些大建築商選定長島北岸（North Shore）專爲百萬富翁營建宅院，到二十世紀二十年代，北岸經過三、四十年的開發，成爲美國最高貴的地段之一。寇爾家族買下這片私產在一九一三年。

這裡還應介紹一下一般遊客不了解的一些情節，否則的話，參觀者不可能明白，爲什麼暴發戶出身的寇爾，無論住宅內外的設計和裝修，園林布置的方式，都表現了不同凡響的品味。

寇爾一八六九年生於英國，父親原爲鐵工廠出納員，十四歲隨父移民美國，兩年後在費城一家保險公司擔任經紀和理算員。此君也許才智出眾，二十四歲便升到海運保險理算部經理，後來並爬到董事一級的地位，但他的財富主要靠他的第二次婚姻。一九〇〇年，寇爾在橫渡大西洋的輪船上認識了亨利．賀特斯頓．羅杰斯（Henry Huttleston Rogers）的女兒梅．羅杰斯（Mai Rogers），不久結婚。羅杰斯可不是等閒人物，標準石油公司（Standard Oil Company）的創辦人之一，據說梅是他最鍾愛的女兒。梅．羅杰斯聰明美麗，從小在麻州皇宮式的家裡被教養成二十年代上流社會的貴族淑女，法文流利，鋼琴嫻熟，文學藝術的修養深厚，「長島種植場」裡裡外外，她的影響隨處可見。

雖云「種植場」，首先該看的卻不是植物，而是寇爾家族在其中生活過四十年的寇爾宮（Coe Hall）。我把Hall譯成宮，不是筆誤，這座家宅有六、七十個房間不算稀奇，由於寇爾本人是英國窮人家的孩子，幾乎與生俱來，他的白日夢必然是大英帝國當年風光一時的貴族宮殿城堡。寇爾宮因此是標準的伊麗莎白女王一世時代流行的都鐸式大宅邸，前廳最顯著的位置掛著伊麗莎白女王的繪像。梅．寇爾曾聘用多名藝術家和園林設計師爲她布置。她的歐洲品味不限於丈夫的英國，客廳是法國路易十六式，後院有義大利式庭園。寇爾發跡時恰爲歐洲第一次大戰後，因此從凋零敗落的戰後劫餘中蒐集了不少歐洲古董和家具。餐廳裡的主餐桌是十六世紀的橡木，水晶銅吊燈則是一七三四年的成品。寇氏夫婦曾僱用英國最知名的室內設計家查爾斯．杜維因（Charles J. Duveen）服務，據說在二十年代就花了九十萬美元。

「種植場」的園林範圍約一百六十英畝，還有四十英畝大的草坪，山林部分約兩百英畝，其中有幾個特殊東西，是別的園林看不到的。

首先是巨樹。位於寇爾宮北面的西草坪，有幾棵參天古樹。這些古樹卻不是土生土長的歷史遺留物，試舉其中一個例子說明。一九一五年，老羅杰斯過世，寇爾從岳父位於麻州的費爾海文莊園（Fairhaven）人工搬運了兩株歐洲紫葉山毛櫸來此。趁該年冬眠期，用大型駁船載運，通過大西洋，運抵牡蠣灣港口。寇爾的律師與電力公司交涉，達成補償協定後，這兩株巨木才可能安全送達兩哩外的山上。從港口到園內，電力公司必須把沿途的電纜電線等設施全部拆除改道。

這兩株紫葉山毛櫸一九一五年便各重二十八英噸，今只存活一株，主幹約十人合抱，樹冠可將我家全部院落籠罩。

其次是山茶溫室。此間冬寒，山茶難活，寇氏夫婦又特愛山茶，一九一七年從英國格恩西島（Isle of Guernsey）購買了一百個品種共三百株山茶，特建溫室培養，於今成爲美國東部最大的山茶花培養站，老株高至屋頂，每年初冬開花，蓓蕾多者近千。

每年五月，從月初到月底，「種植場」有個美不勝收的杜鵑秀。這裡收集的各類杜鵑屬（Rhododendron，杜鵑花科的azalea也屬這一家族）植物超過一千個不同的原生種和改良配種。

此外還有占地五英畝的對觀園（Synoptic Garden），其設計是按樹木的拉丁學名字母順序栽種，凡適合此地風土者，皆在蒐集之列。

除以上介紹的特殊風物，一般東部園林應有的草木花卉也相當齊全，所以，春天賞杜鵑初冬看茶花之外，園林可遊覽賞玩的景點不少，足可消磨竟日。

我們兄妹三人這次趕上了園中工作人員的剪草場面，空氣中滿溢草葉的清香。他們的剪草器材也特別龐大。仔細一想，要是拿我們的家用剪草機應付，四十英畝的草坪，一星期得剪草一次，恐怕要七天全部投入才能幹完。

二十年代的暴發戶就是一個「大」字。此所以費茲哲羅必以「大」名其英雄人物，而種植園從房屋到花園到草地，也勢必無物不求其「大」了。

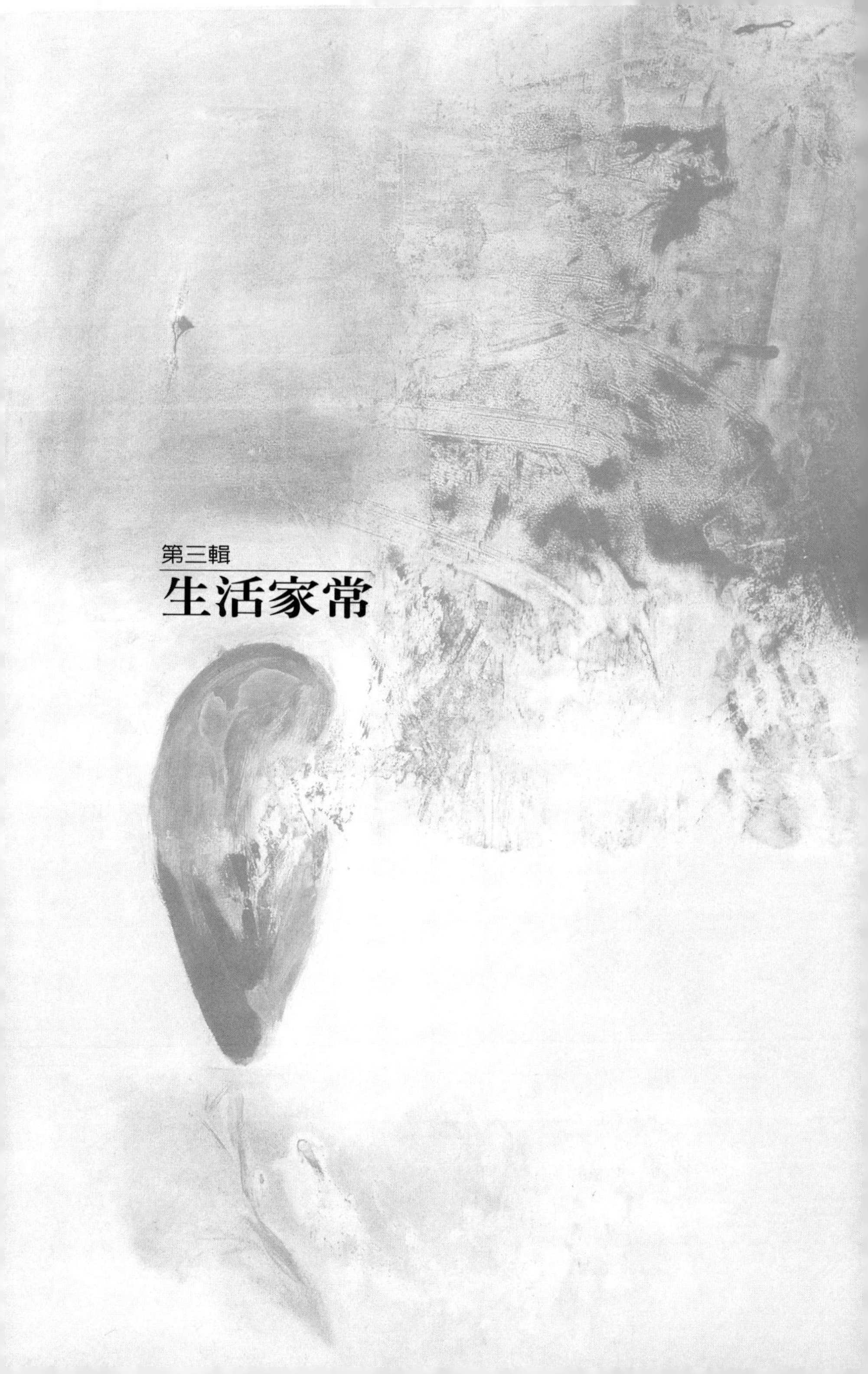

第三輯

生活家常

書香飄散

趁久雨初晴，把書架、書櫃、書箱裡積塵生霉已久的一批舊書搬到陽台上去曬，事畢不免揮汗如雨，卻忽然驚覺，這種古典的曝書行爲，似乎還是上一代人的習慣。這個年代，還有誰幹這個呢？遂勉強得一結論：眷戀了一輩子的書香世界，或已瀕危了吧！

所以用一「或」字，是還抱著一線希望。然而心裡明白，這希望，恐怕跟面對污染破壞的大自然一樣，也將越來越渺茫了。

眷戀的心情，往往反映在我跟電腦的關係上。

隨俗買了一部電腦，已有多年。拼音輸入法也大致學會，雖不嫻熟，寫信、作文還是可以對付，但是，做事的方式總是改不了。跟朋友聯絡，有超乎電話以上的需要時，還是寫信付郵，明知一往一返，必然曠日費時。按時發稿，也只在時代進步的道路上，走個一半，郵寄實在無法應付時限，學會了傳眞彷彿即是問題的解決。當然，主要的關鍵是，寫文章而不用筆，這個彎怎麼都轉不過來。面對屏幕，手指搭在鍵盤上，大腦便忽然變成了別人，說什麼都指揮不動，勉強成篇，讀之生厭。

想起了忘年交王浩。

有一次，聽他說：「沒想到弄出來這麼個怪物，眞是遺憾！」

他說的是電腦。

別人這麼說，你儘可以批評他不識時務，笑話王浩可不行，因爲他是電腦邏輯語言的奠基人之一。

王浩比我長十幾歲，可他從來不把我當晚輩。他也曾研究過馬克思，甚至參與過海外左翼的一些活動，但他並未緊跟左派圈子沒大沒小的風氣，他不叫我小劉，他保留抗戰時期西南聯大讀書人的做法，只叫我大任。

我跟殷海光先生讀過一年邏輯，但我知道，殷先生在邏輯學上的造詣，在王浩眼中，是不及格的，雖然兩人都是金岳霖的學生，事實上，兩位聯大哲學系校友，邏輯學的程度差，相當於幼稚園與中央研究院。

王浩生前最後十幾年，在紐約專供教授級學生上學的洛克菲勒大學辦了個讀書會，我跟郭松棻都承他看得起，附於驥尾參與了幾次。傅偉勳過世前特從費城趕來，也指定要我和松棻參加。那天他主講死亡學，聽畢，眾人發言不甚踴躍，我私下還對松棻說：有點失望，因為我想聽的是面對死亡的偉勳本人，聽到的卻是偉勳引經據典介紹的各家理論。那時，王浩還不知自己患有癌症，抽菸飲酒如故。

我後來推想，王浩邀我參加他的讀書會，看重的當然不是我的學問。他晚年的哲學思考早已從整理前人進入批判總結，我窺知他對自己不十分放心，因為他的思索已深入人心的奧祕部分，尤其是創作者的人心。我想我是被當作對象來檢驗的，雖自知作為抽樣，我根本不夠格，但還是樂於參與，因為這是從小自許為讀書人的一個難得的機會。

讀書人最怕獨學而無友，也許因為人腦與人心的設計都預留了偌大未開發的空間，自力救濟往往事倍功半，他山之石才能意外觸動機括，推移黑暗的閘門。

當然，讀書人最重要的朋友還是書，這是人類文明幾千年累積的最大財富，由是成就了所謂的書香世界。

這個世界，恐怕有點搖搖欲墜了。

首先，造成這個危機的，或許還不是電腦，反諷的是，竟可能就是書。

美國電視上有一則廣告。

一位看來學問淵博的大學教授在講堂上宣布：現代社會的出版並不一定自由，想想看，從寫作到出版，印刷、設計、裝幀、發行、廣告……，這些過程，每一步得花多少錢？

一位顯然是e世代電腦新銳的學生站起來反駁：事實不然，數位技術發展到今天，每一個人，只要他願意，都可以公開發表，一樣可以流通……。

好像是說，未來世界其實不需要書，出版業必然窮途末路了。事實又不然。眞正危害書香世界的並不是書的滅亡，相反，是因爲書越印越多越來越爛。

現代社會的邏輯是，人一成名，就要出書。寫書成了一種宣傳手段，與智慧累積、學問發現無關，寫書的目的只爲打知名度，擴展商機。因此，明明與書完全不相干的人物，影視歌星或體育健將，事業稍有成就，立刻花點小錢，僱職業寫手操刀，發表自傳，並趁勢打書、賺錢，開發事業的新高潮……。這一整套創立品牌的行銷作業辦法，從好萊塢和職業運動界發軔至今，已經成爲出版界與名流之間合作雙贏的伎倆，加上政壇、商界的蜂擁參與，書市爲之氾濫，圖書館汗牛充棟，這些「商品」裡面，當然不能說沒有好東西，但撥沙揀金，値得收藏嗎？這只是濫印壞書之一例。

鑑別書的好壞，成了讀書人的一大難題。

上面談的，是資本主義市場社會的怪現象。社會主義社會裡還有更荒謬的現象。文革期間，四人幫和林彪爲了打擊異己、搶奪政權，下令全國印刷廠日夜開工。有一段時間，無產階級印刷工人只爲一個人的著作服務，毛選和毛語錄的印數幾乎成了天文數字，全中國人手一冊不夠，還加印各種外國語文版，務求全世界統一思想、統一行動。記得在柏克萊讀書那幾年，校門外嬉皮盤據的電報街上，不少「街民」就靠賣英文本的毛語錄換取大麻維生。印書成了純粹商業行爲之後，表面形成了知識傳播的虛假繁榮，書香世界反而因此迷失。小時候那種爲了找一本好書上下求索的經驗，找到了好書而珍惜快樂的心情，再也沒有了。因爲讀了一本好書而人生從此變化的故事，更是天方夜譚了。

所謂的資訊大爆炸，其實不過是一場騙局。

不妨以網路爲例。

我也嘗試上網去追求一些「知識」。我的經驗也許不算典型，但我總覺得，不論google.com的搜索指引多方便，按照這種程式找到的答案，基本上限於技術層面，與人生智慧的啓迪與覺悟完全無關。

隱約記得，王浩過世時，網路文化還不像今天這麼流行。如果他活到現在，哲學家對於這種以資訊代替知識並以技術的熟練代替智慧追求的後現代人生，不知會有什麼感慨。

晚春黃昏，我把曬了一天的書陸續搬回書房，聞著一股清香，不覺懷念起那一段與讀書人共處過的日子了。

王浩主持的讀書會，是眞正讀書人的聚會，跟左派爲了革命右派爲了奪權所組織的那一類讀書會完全不同，它沒有現世功利的考慮，現世的目的只有一個——得好書而共讀之，相互切磋交流啓發而已。參與者也都是沒有現世功利的人，普林斯頓的高友功，佩斯大學的鄭培凱，芝加哥大學的盧光，耶魯的陳幼石……。

書香彷彿桂花，在晚風中自行飄散。

家族造像

家族影像的製造與保存，我還沒看過人類學的專題研究，但僅憑想像就可以推測，似應追溯到人類遠古的活動。圖騰大概就是這種行爲的始祖，郭沫若曾經大膽假設：中國文明起源的傳說中，唐堯虞舜和大禹，其實都是一些比較強大的部落。顧頡剛也說：「大禹」的「禹」，不過是一條蟲，也許是蛇一類的爬蟲類，北方人不是把蛇叫做「長蟲」嗎？龍與蛇都是長蟲，大禹應該是長蟲的圖騰。

以長蟲爲圖騰，禹這個部落，留下了它的家族影像。

皇族繪像，這個行爲始於何時，也難以考證。不過，王昭君這個傳說，附帶證明了一點，皇家宮苑裡，自漢代起便有御用畫師，他們的任務，無非是製造家族影像。

創造並保存家族影像，因此可以說，是人類歷史悠久而根深柢固的一種行爲，其中有天生的動物性，也有後天的文化性。前者不學而能，後者有待教養開發。

我自問這方面的動物性不強，尤其年紀輕那段日子，反叛的對象，當然也包括宗法社會的傳統。我的後天教養，也傾向於重視未來，輕賤過去。在我主控的這種環境中，兩個兒子又都是土生土長的美國人，怎麼可能期待他們有絲毫家族觀念！然而，人到一定年紀，往往不由自主，開始懷舊，開始尋「根」問「柢」，我說的可不一定是老年人。

最早表現這種「本性」的，是老大曉柏，是在一次偶發的家庭事故後暴露出來的。一九七八年七月，預計居留肯亞的時間剩下不到一個月，我請了兩個禮拜假，全家最後一次薩伐旅，把所有想重遊或不願將來後悔的地方徹底跑了一遍。記得倦遊歸來那天，是個黃昏，一家人，除了開車的我，都累得東倒西歪。

一進家門便覺氣氛不對，院子裡擠滿了看熱鬧的人，還有警察。園丁和管家則垂手而立，正在接受審問、調查。屋子裡面，家具大部分給掀翻了，櫥櫃五臟六腑外露，整個家，像颱風過境，洗劫一空，連床單、枕頭、內衣褲都不見了蹤影。

面對這樣的災難，如今留下最深刻的印象，卻不是財物損失，而是下面兩件事：

第一件事非同小可。我的護照和妻的綠卡全丟了。我問題不大，可立即向服務單位申請補發聯合國通行證（Laissez - Passer，限聯合國會員國之間通用），未成年子女都可隨行。妻的綠卡卻不能沒有，否則無法入境美國。所有相關的事情都已安排好，必須在兩星期內解決這個難題。

第二天一早上美國大使館交涉，承辦人員很客氣，但不能不按規章辦事，明白說，除非我提供綠卡的號碼，他們立即發電移民總局核對，否則愛莫能助。

問題是，連當初特意記下這個號碼的小備忘錄，也給偷走了。那晚輾轉反側不能成眠。半夜三點鐘，忽然從床上跳起來，在書桌上寫下一個英文字母和九個阿拉伯數字後，立刻倒頭呼呼大睡。次日持往美大使館，一個禮拜之後接到電話，證明身分無誤。

這個經驗之所以忘不了，是因爲我第一次發現，人的動物本能中，居然有那麼大的空間，仍有待理解和開發。

同樣忘不了的是曉柏當天的異常反應，也與這種動物本能相關。平常一向是個遇變不驚的孩子。有一次，母親帶他出門，跑了幾個地方，忽然發覺皮包不見了，大爲慌張，因爲除了現鈔，還有駕駛執照和一大疊信用卡。媽媽快要哭了，四歲的兒子卻說：「冷靜冷靜，急沒有用，想想剛才在哪裡，回去找就好了……。」果然掉在超市的推車裡面，好心人交給了經理。

那天的反應卻迥異尋常，一面大哭，一面屋裡屋外亂竄，一面無助呼喊：「我們被搶了，我們被搶了……」那時他才快要過十歲生日。

為什麼四歲的孩子碰到了危機場面能夠從容應付，而同一個孩子到了十歲，碰到了危機場面，反而驚惶失措？

多年後回想，仔細咀嚼，才恍然大悟。

兩個危機，性質完全不同。母親皮包掉了，只是財物損失，所激起的意識，是如何把財物找回來的問題。這個，他可以冷靜對付。家屋被人洗劫一空，不止是個財物損失的問題，而是保障安全的家，外力侵襲後，突然失去了從來不懷疑的庇護作用。

曉柏的動物本能中深藏著一個「家」，就是這樣被我發現的。

當然，他這個「家」，跟我潛意識裡的，以至於我父親和我祖父的，並不完全一樣。

我們的家族生活史，雖沒直接捲入百年中國未曾間斷的殺伐流血破壞，卻是億萬人口反覆遷徙流亡的縮影。

祖父一輩從窮困落後的山村流亡到內陸一個小縣城，開始白手興家創業。父親一輩則歷經北伐抗日和內戰，跑遍大江南北而最終流亡到台灣。我這一輩雖然離烽火遍地的時代遠了，却繼續著祖先的逃亡腳步。到了曉柏和曉陽這一代，才算抵達了逃亡的終點。

孩子們潛意識裡的「家」，不可能有異國和故土，這是我掙扎多年後才不得不接受承認的。

然而，在我現在住了將近三十年的這個始終視作「客」居的屋子裡，儲藏室、五斗櫃、書櫥和檔案箱盒中，從父親那裡接收的，親戚朋友贈送的，和我自己拍攝的，大概有上萬張照片和幻燈片。雜亂無章地躺在陰暗中逐日發霉褪色。

曉陽潛意識裡的「家」，是這樣給發掘出來的：幾年前，我給他們兄弟倆各編製了一套紀念冊，分別作爲生日禮物。裡面搜集的，除了他們的出生紙、歷年施種疫苗的保健登記、成績單、兒時塗鴉創作等等之外，還有從小到大的部分照片。

曉陽發現，他的嬰兒時期的照片，遠比他哥哥少。我的曲曲折折的解釋顯然不能讓他滿意，於是，他一有空，就翻箱倒櫃找，最後，竟發展成一整套家族影像檔案。

他使用的是八十年代中期開發的一種軟件，叫做Adobe Photoshop。簡單說，就是用掃描器把照片輸入電腦再製成磁碟，因此，不但可以永久保存，還可翻版送給相關的親戚。

這個「工程項目」，聽起來簡單易行，事實上，斷斷續續至少花了他兩年的空檔時間。舊照片要設法清洗、復原，彩色褪了要動腦筋還眞，所有的照片要按時間、地點、人物和事件編組成系統，重要的關節還要製造效果（如利用伸縮鏡頭）並配上音樂。

然而，最讓我吃驚的還不是這樁看來毫無物質報酬的艱苦勞動所需的耐心與付出，爲了進行整理編輯，他得從我口中聽多少彷彿與他的生活毫不相干的掌故與情節。

曉陽是個內心非常細膩複雜的孩子，跟他相處，有時簡直覺得遇到了杜斯妥也夫斯基的小說人物。

他創造這個家族影像檔案，其實也爲了他自己。只不過，他爲自己建立的「家」，竟然不自覺地把百年來中國人的苦難流離全收了進去，或許也是始料不及的吧！

接機

兒子遠遊兩岸，回來的前一天，接到他從上海發來的e-mail，很簡單，除了班機號碼與抵站時間，只有一行字：

「行李重，救命！」

如今，接機也帶上後現代的意味了，不但沒有眼淚鼻涕，連停車費都省了。辦法也很簡單，大致算好時間，通過手機衛星傳訊，人與行李一出機場自動玻璃門，車子的行李箱蓋已經摁鈕打開，做父親的連駕駛座都不必離開，兒子已經放好行李，進車團圓了。

才不過二、三十年，生離死別變成了閒話家常。

一九六九年，我開車到加州奧克蘭國際機場去接我弟弟，前後折騰了四個小時，相見彷佛兒時聽父親講抗戰八年離亂的故事，烽火遍地，死難枕藉，親人散失後的重逢，恍如隔世。弟弟在離島服兵役，不時有憂心忡忡的來信，其中一次提到：

……輔導員找我談話，給我看一份機密資料，警總破獲一匪諜案，閣下大名列於潛逃出國的追緝嫌犯名單……

我知道他擔心自己的前程，而且已經做二手準備。那個年代，年輕人如果出不了國，名譽、前途和社會地位都成了問號，嚴重者，女朋友都保不住。

父親絞盡腦汁，動用了一切能動用的社會關係，最後輾轉找到一位「愛護青年」的黨國元老擔保，好不容易有了逃出生天的機會，然而，機票、學費、生活費……，還是沒有著落。

那個時代，出國留洋要過五關斬六將，區公所、役男出境同意書、警備總部、教育部的留學考、托福、外交部護照和美國大使館的簽證，一道道來，至少得花半年時間。簽證尤其麻煩，理工科成績優秀的還好辦，申請到美國大學給的各種名目的獎助學金，就能通關，沒有這些條件的，便得出具美國經濟擔保，一般的解決辦法是由在美親人或同學，把錢湊起來，存入銀行某關係人戶頭，再請銀行開具存款證明，經過公證手續，由申請簽證者持往美大使館驗證。生活費自然靠打工，第一個學期的學費和赴美單程機票，則須自籌。

弟弟來美時，正值越戰期間，留美學生包機還是若干年後才發展出來的「新生事物」，那時恰好是二戰期間援華的飛虎隊原班人馬在美國爭取到越戰運輸的國防部合同，成立了飛虎空運公司，運貨回程多半空艙，遂彎道台灣做包機生意，載運留學生。單程票價約爲五百美元。五百美元今天不算什麼，卻是父親當年一年薪水的總和。

大概是能借能當的羅掘俱窮之後，弟弟方才成行。

這是我那天赴奧克蘭機場接機時的心理背景。

然後是絕不缺乏戲劇性的接機現場。

首先，雖然標榜「國際」機場，奧克蘭其實不是個國際都會，只不過飛虎公司主要是個貨運公司，也許舊金山國際機場的費用比較昂貴，又是客運大站，時間比較緊張，才把滿載的台灣學生送到這裡卸「貨」。

這卻苦了接機的人，因爲舊金山是成立多年的國際客運大站，交通路線和標誌、停車場的位置和容量，都規畫得清楚合理。奧克蘭完全不同，因爲預見困難，我特地提前一小時出門。

其次，因爲是貨運站加國內航線的客運中心，一切設施沒有配合來自台灣的國際不速之客。從下機通道到入境檢查，從取行李到過海關，完全沒有建立好流程，作業緩慢而混亂。

因爲心情緊張，我比預定降落的時間早一個多小時到達機場，加上飛機誤點一個小時，四小時之後才見到興奮莫名卻因長途旅行而臉色蒼白的弟弟。那次見面的情景，畢生難忘。

算不清有多少人，反正，老母雞運輸機艙裡能塞下多少座位便賣多少票，這幾百名熬了二十小時的國家菁英，連同他們隨身攜帶的行李，全給集中在一個倉庫改裝的大廳裡，人聲嘈雜，場面混亂，各種大包小包行李全堆在地上，乍眼一看，以爲到了難民營。

作爲台灣留美的先鋒隊伍，當年留學生出洋所帶的東西眞夠五花八門。每個人身上揹一個馬糞紙圓筒，裡面裝著肺部X光照片，這是留學生的標誌。衣食住行讀書打工可能有不時之需的任何東西都有人帶，衣服鞋襪毛巾枕頭不缺，從棉被到漱口缸，從文房四寶到圖釘、迴紋針，以至於理髮剪和廚房用的鍋碗瓢盆……總之，看每一家的想像能力，目的無非一條，一踏上美國土地，最好一毛美金不花，拖得越久越好，帶上一年用的廁紙，不會有人笑話，反被稱讚設想周到。要知道，四十到五十台幣才換一元美金，看黑市供需而定。

那個時代，沒有人能夠想像，出來了之後，還有回去的一天。

當我的眼睛在大逃亡人潮中終於碰上了弟弟的眼睛，那一刻的四目相視，只能以「痛徹心肺」四字形容。

那「痛」，是快樂的痛。

久別重逢的親人，第一次在機場那樣的地方四目相視，我還有過多次經驗。一九七七年春，父親和母親從台灣先到紐約我妹家待了一段時間，跟當時流落在非洲的我聯絡上之後，反覆隔洋討論，終於決定不顧被政府偵測的危險，到非洲來同我過一段日子。

最忘不了的是兩老轉了幾次飛機因語言不通根本不知身在何處的心理壓力下，走出內羅比機場跟我的視線首度相接的剎那。一生經歷了北伐、抗戰、內戰無數次轟炸、逃難而從未驚慌失措的父親，眼睛裡竟然噙滿淚水。

我看見母親的臉，迎著奔跑過去擁抱的兩個孫兒，立刻從蒼白轉成紅潤。

感情飽滿的接機經驗，於今都已成爲歷史。然而，歷史記憶中，還藏著另一種接機的場面。

金秋九月，我們一家四口從內羅比穿越北非、西歐、中東、南亞次大陸約三天萬里的艱苦旅程，到達了北京國際機場。當地時間是上午十點左右。陽光金燦，但人困馬乏。

一下飛機，便有神色張皇的制服人員，把下機的全部乘客朝一個方向趕，最後給集中在候機室大廳裡。沒有廣播通知，也沒有任何人答覆詢問；沒有人知道發生了什麼大事，也沒有人知道這樣的狀態究竟會持續多久。

所有的人，撲向燈光的飛蛾群一樣，一層層往大廳面對機場跑道和停機坪的玻璃窗擠去，彷彿那裡可以找到答案。

答案確實就在那裡，不過是兩小時之後。

先來了一批武裝士兵列隊排陣。

又來了一批繫紅領巾手持紙紮鮮花的小學生。

前一批是軍車運來的，後一批是敞篷卡車載來的。兩批人排陣操演完畢，又陸續開進來十幾輛黑亮禮車，走下來一批穿毛裝的要人大員。

然後，大家的眼睛齊朝向天邊。一個小黑點，逐漸變成一架龐大笨重的軍用飛機。

軍樂大奏，鑼鼓喧天，機艙打開，走下來一個面目慈祥體態臃腫的老頭子。

小學生載歌載舞，清脆童音合唱：「歡迎、歡迎、熱烈歡迎西哈努克親王！」

那是一九七七年中國國慶大典的前夕。

立志

「立志」是一種人生態度，廣義地看，也是一種特殊的文化現象。

作爲一種人生態度，它也許還活著。作爲一種文化現象，它已經消失，死亡。

父親生前曾告訴我，他的原名有點俗氣。祖父按祖宗留下的規矩給他們那一輩的人取名字。家譜裡定下了八個字「明光正大，肇信修齊」，作爲子孫的排行。父親一輩屬「正」字輩，兄弟四人，祖父選了「福祿壽喜」四字。父親是祖父的第二個兒子，故取名「正祿」。

父親成長的那個時代，一九二〇年到一九三〇年左右吧，「立志」這個文化現象是相當普遍的。年輕人，尤其是讀書人，人生立志是理所當然的，不這麼想不這麼做，不僅離經叛道，不僅別人瞧不起，自己也會覺得沒出息。那是一個人人立志的時代。

父親的立志，首先表現在他爲自己改名字這件看來無關緊要的小事上面。

他出生於一個既無家業更無恆產的非知識分子家庭，祖父從無法糊口的破落農村流浪到小縣城裡，忍辱負重學會了木匠這門手藝，靠吃苦耐勞才勉強成家。在那樣的環境裡，生爲次子的父親，能有多大的志向呢？

大概是十三、四歲吧，父親偷偷給自己改了個名字，就叫「定志」，當時所「定」的「志」，就是要讀大學。

這個「志」，今天看來，何其渺小！

我一九八七年到他的老家去看了一次，才眞正體會，這個「志」，何其偉大。

簡單比喻，有點像台東原住民部落裡一名衣不蔽體的小孩發誓要成爲太空人一樣。

而我一九八七年見證的他的老家，跟他當年實際生活的老家，中間相隔六十年。六十年，即使變化不大，也不可能沒有變化。我看到的絕望深淵似的「老家」，已無從推想父親六十年前立志的場景。

父親終於衝出了那個深淵，完成了他的志願。無論他一生的成就多麼有限，他是他那一代「立志文化」的一個體現者。這，終究不是成就大小的問題，而是一個人格養成的問題。

當然，大學畢業後，他又有了新的志向，救國，等於是他們那一代人的共同志向，只是沒有人成功吧！

再舉一例。

最近收到北京三聯書店出版的九月號《讀書》雜誌。這期的專題討論圍繞著「大學改革」。在《華人大學理念九十年》一文中，甘陽提出了一個主張：

中國大學的使命是要堅持和加強中國人在思想、學術、文化、教育上的獨立自主，而不是要成爲西方大學的附庸藩屬……。中國大學改革的總體目標是要盡快結束中國的留學運動，以中國大學自己培養的人才構成中國高等教育的主體。

這個主張，立即引起了廣泛爭議。

不難想像，推行不過二十年的「新留學運動」，對於中國的現代化，產生了相當重要的影響，雖然也難免有些流弊。上述主張，是不是又要回到故步自封的老路？

關鍵在於「立志」。

甘陽針對異議，提出了胡適早年的一些言論和作爲，說明他的立場。

胡適留美期間寫過一篇文章〈非留學篇〉，裡面有這麼一段話（注意，他那時還未提倡白話文，所以用的是文言）：

留學者，吾國之大恥也！

留學者，過渡之舟楫而非敲門之磚也；

留學者，廢時傷財事倍功半者也；

留學者，救急之計而非久遠之圖也。

胡適的文章寫於一九一二年，是中國第一次留學運動的初期。這讓我想起了日本大正時期的文化空氣（一九一一年爲大正元年）。

甘陽指出，胡適九十年前說過：「留學者之目的在於使後來學子可不必留學……是故留學之政策，乃以不留學爲目的。」如果沒有這種志氣，不求在大學改革上追求更高的理想，胡適當年的警告，必將重現：「今日之大錯，在於以國內教育僅爲留學之預備……其流弊所及，吾國將年年留學永永爲弟子之國，而國內文明終無發達之望耳！」

胡適的這一志向，三十六年後，他擔任北京大學校長，未曾稍忘。那是一九四七年，他提出了「爭取學術獨立的十年計畫」，開列四個條件：第一，中國的大學應充分提供現代學術的基本訓練；第二，國內應有設備和師資，供專門人才進行科學研究；第三，本國應有專門人才與研究機構，解決國家需要解決的科學、工業、醫藥與國防工業問題；第四，本國學人與機關，應有能力與世界各國學術界分工合作，共同推進人類學術事業。

大家都知道這個理想計畫的後來發展了。兩年後，國共大戰，胡適流亡到美國，成了普林斯頓大學的圖書管理員。

了解這一段歷史，知道北京學術界重提胡適九十年前的主張，能無感慨？中國人的「立志」，有相當強烈的功利主義傾向。

所謂功利主義，我指的是「立志者」基本上把眼光貫注在外部世界的改造。這裡似乎隱含一個假設，以爲外在世界改造得符合理想，人本身的問題也就解決了。

中國人一百多年來的「奮發圖強」，好像都不太在乎如何跳出這個「圈套」。北京今天討論的「大學改革」，台灣今天鬧哄哄的「獨立建國」，都難免讓我嗅到這種味道。

大正時期的日本「立志文化」，彷彿有點什麼東西，不太一樣。

大正時期的代表作家志賀直哉的小說《暗夜行路》，最能說明我的這種懷疑與感受。小說的故事情節涉及亂倫、通姦、墮落、沉淪……，總之，作者揭開的是人物靈魂深處的「魔」，哪有什麼「光明」？哪有什麼「理想」？

然而，芥川龍之介讀後卻有這樣的感受：「志賀直哉在我們當中是最純粹的作家……他的作品就是要在人生中過得好好的……所謂過得好好，首先大概就要像神那樣生活。」（摘引自李永熾著《志賀直哉與暗夜行路》）《暗夜行路》的譯者李永熾認爲：志賀直哉的「境界是要經過『道德靈魂的痛苦』淨化，才能獲得……。所以《暗夜行路》是一個靈魂在『暗夜』

中經過緩慢的自我淨化歷程，而臻及神明境界的奮鬥史。」

這種風貌的「立志文化」，好像與二、三十年代淘汰了的「中國人」，以至於今天崛起的「新台灣人」，有著「質」的不同。

功利主義者，對於人心深處的「魔」與「黑暗」，要麼視若無睹，要麼懵懵懂懂。一百多年的中國，五、六十年的台灣，不斷有所謂的仁人志士轟轟烈烈地搞革命談改革。但是，革來革去，卻始終跳不出外部世界的興滅繼絕，永遠陷在一個圈套內——一個精神世界昏昧無知的圈套。

再看看我們在台灣與大陸分別製造的下一代，恐怕連我父親那一代有一定局限性的那種「立志文化」都快失傳了。

過世的老朋友唐文標說過一句話：「台灣文化就是快樂文化！」

這個估計還有過高之嫌。「快樂」兩字有一定的情感內涵，我們的下一代是不是懂得追求快樂，老實說，還不能太樂觀，眞正適用的，也許只是「好玩」。

「好玩」就是fun，是一點情感負擔都不必有的。

來來來，去上海！

在紐約，我們有個「除夕族」。除夕族的成員不固定，就是固定的那幾個，平常也是各忙各的，但一到該唱auld langsyne（驪歌）的那一夜，自家人過太冷清，上時報廣場又太瘋狂，就聚到一塊兒了。

這幾年，大夥不約而同，都往爾冬家裡跑。他那兒，地點適中，場地夠大，兩夫婦又熱情好客，竟是一年比一年更熱鬧了。今年，情況變了。本來只說去看一看的，這一看，就不回來了，舉家搬去上海，還不斷給「族人」發電郵，爾冬說：

「來吧！來吧！何苦做二等公民，這裡到處是機會，經營第二春，何不趁早……」

首先響應號召的，是老何。

老何剛從公司拿了個「分手包裹」。這是我的洋涇浜英譯，英文叫做seperation package，是大公司精簡人事，淘汰朽木的辦法。但這幾年，這套辦法不太暢銷，原因是，在人浮於事的當前美國經濟環境裡，年過五十而專業技術又非奇貨可居者，拿了「包裹」走路，再求職或轉業，難於登天！

可是，五十出頭，卻是大公司送「包裹」的首選對象。這些人專業多已過時，要養他們到退休，還得賠上十年左右的薪水加福利，送個紅包請他們回家，何樂不爲。

然而，五十出頭的人，有自己的算法。如果事先不找好出路，便得捱到六十二點五歲，才能按規定，毫無折扣地領社會保險金。

僱員與僱主之間的矛盾，對老何並不適用。老何半年前休假一個月，跟爾冬一道去上海調查研究，回來後立刻遞了申請表。

老何發現，公司如今不太看重的他那套本事，上海那邊正是求才若渴。他甚至發現，可能還不必再去爲人作嫁，他這門手藝，跟人合作創業，用他四〇一K（退休帳戶）多年累積的老本和整筆到手的退休包裹作資金，自己不但當老闆，所餘還足夠過得挺不錯的。

當然，保守一點，不冒任何風險，以上海目前的生活水平計算，手上這筆積蓄，坐吃二十年都不至於山空。

只可惜爾冬家的除夕晚會，就這樣煙消雲散了。

我到紐約大概十年以後，才在一次偶然的機會裡認得了爾冬。

爾冬原是上海人，三歲左右隨父母搬家到台灣。他是我朋友當中極為稀有的典型——藝術氣質與生意眼光結合得天衣無縫。

藝術系畢業後，他不像當年那批理想主義的純畫家，一心想跨越東西文化的鴻溝，滿腦子都是打倒徐悲鴻，繼承畢卡索。服完兵役他就在南京東路找到一家店面，自己設計古典與現代兼顧、品味與實用並重的紅木家具。從進口原材料到發掘製造廠，每一個環節都做得頭頭是道，唯一的失誤是市場調查過於樂觀。事實是，他的預測比現實大概早個十年。他那些苦心經營的成品，出國前賤價求現，卻便宜了收購的商人，若干年後，成為價格高昂的搶手貨，讓別人發了財。

剛到紐約那幾年，為了養家糊口，只能業餘搞些創作，平常日子，他到處打工。有一年，經人介紹，到一家猶太人開的公司做re-touching（修版）。這個行當，屬於廣告公司的上游加工業。入行的那個階段，正好是開始利用電腦操作的啟蒙期，靠著頭腦快與手藝巧，爾冬很快掌握了這門行業的一切相關實務。

事業成功不但靠自己，也要看機遇，更要緊的是，機遇出現時，有沒有眼光與魄力。

爾冬的命運軌道在他剛過不惑之年的時間，出現了有利轉折。猶太老闆決定收山，他鐵了心，用房子抵押貸款，頂下了這家規模不大的公司。

他成功的另一個重要因素是人際關係的圓熟。Re-touching這一行，因爲必須從廣告公司拉生意，負責公司銷售業務的部門，可以說是成敗關鍵。爾冬能夠不計小利，大膽把股權放出去，拉住了與大廣告公司客戶關係良好的售貨員。

不到十年，公司員工增加十倍，年營業額從七位數跳到八位數。

五十大壽那一年，爾冬又在事業上展現了雄才大略。就在網路泡沫經濟興風作浪、大公司併購如日中天的時代，他抓準了機會，把公司全部盤整出售，換成了現金。又利用這些現金在紐約買破樓。樓雖破舊，但地段不錯。爾冬聘請建築師設計，自己選材料監工，把破樓改造成當代風行的高品味「統樓」(loft)。

就算是這種牛刀小試，爾冬的時機感也不可能抓得更準。買進破樓是「九一一」之後，出售「統樓」又恰好是曼哈頓新貴人口逐漸回流之時。

然後就是一年以前三度前往上海實地探勘和半年前的舉家東移了。

對於社會變遷與經濟起伏，我一向自認爲一名冷眼旁觀者，只求了然於胸，絕不作介入之想。

近來這一股莫之能禦的「來來來，去上海」的風潮，雖然早就發覺，但從來也不能想像，竟然也吹進了我的地盤。

一個多月以前，我的親外甥女在台灣結婚，妹妹來了長途電話，要我出席觀禮，恰好我有事無法分身，我家老大剛好碰到他生意上的淡季，遂代表參加。出發前那個週末，全家爲他餞行，爾冬就在那晚上送了一個「來吧，來吧」的電郵。老大說：既然要去遠東，何不順路去上海看看！大家都在說上海上海，倒是想知道那裡究竟有什麼魔力？

老大的中文還算勉強，但程度還不到「魔力」這兩個字。他說的是magic。

兩個禮拜以前，老大從台北、香港、上海轉一圈回來了。

我上機場接他。

一上車，話匣子開了就停不下來。

「台北，怎麼樣？」

我最關心的當然先問。

「Dead!」他說。

「香港呢？好一點沒有？」老大也約略知道香港這些年來的一些變化。他來往的朋友當中，也有香港來的。

「Dead!」他說。

我不必再問了，因爲那一晚上的話題，全是上海。「這個世界上，」他開始用我習慣了的語氣分析問題，只不過，從前我說他聽，現在他說我聽，「不可能有第二個國家，能夠像上海一樣，想做什麼，就都可以做到……」

「我發現，東亞的各國，爲什麼能夠突破未開發國家的瓶頸？所有成功的例子，都有一條公式：雄心勃勃的集權政府加上自由放任的經濟。」

「六四」那年，老大是普林斯頓大學二年級的學生，他曾經自發組織普大學生到華盛頓去示威。

昨天，接到他的電話。

「訂好了機票，去兩個禮拜！」他跟他媽媽報告。這一次，他的生意合夥人同行。他們的行李中，有一份搶登上海灘的計畫書。

「爾冬叔叔會來接機。」他說。

兩句話

冬日長閒，在書房裡翻閱黃賓虹的山水冊解悶。翻著翻著，不覺被黃氏創造的畫境帶往一個另類世界。尤其是他晚年的山水，粗看形容枯槁，仔細看又覺得山石草木都還是滋潤的。這跟所謂的枯山水與殘山剩水自是不同，雖云滋潤，卻又有他特有的樸實蒼茫意味。

樸實蒼茫是初步觀賞了細枝末節後得出的總印象。這個印象，不久也會消失，卻留下若有若無的回味，讓人領悟，此中似有眞意。

這「眞意」是否確切，又難以把握。但回憶以前翻閱這本畫冊的經驗，有時候，事隔多年，忽有所悟，便會有一幅氣象渾厚的黃賓虹山水浮現眼前，彷彿爲自己的心境作證。

今天的經驗又有點不同，眼睛在黃氏山水的筆墨布局中睃巡，心神之外的某處，卻分明看見步履略顯蹣跚的父親，在珞珈山逶迤起伏的岡巒上，水波不興的東湖邊，踽踽獨行。

黃賓虹活了九十二歲，作品越到臨終，越是模糊零亂，讓人不得不懷疑，他的視力是否逐漸衰退？心智是否日趨糊塗？

然而，這外觀的糊塗，卻又好像有一種內心斂聚生彩的自覺。也許，從黃氏自己的畫論裡，可以見出些端倪。

黃氏曾將作畫心得寫成札記似的手稿。對於自己的藝術表現手法，基本歸納成筆法、墨法和章法，各有論述。

談筆法，他總結出五法三病，即：平、留、圓、重、變五法和板、刻、結三病。這大概是指，畫家用筆，在工具的掌握運用上，不但要有技巧上的變化，這些變化之間，彼此還應有機動的配合，所以他說：「畫千筆萬筆，一氣而成，雖經變化，筆法如一，法備氣至，乃合成家。」

對於用墨，黃氏對水與墨的關係，下過一些功夫，深入研究之後，對宋、元以來的水墨畫法，提出了批評：「後人僅知用濃墨、淡墨二種，餘皆不之講習，而畫事日弛。」他將用墨分成七法，說：「蓋畫難於渾厚，須淡墨、濃墨、潑墨、破墨、積墨、焦墨齊用，可以得之。」

章法更直接涉及藝術家的胸懷，一生的觀察與體驗都匯聚其中，遂累積了想像無限、變化無窮的可能性，故曰：「章法屢改，筆墨不移；不移者精神，屢改者面貌也。」

我們也許可以這麼理解：藝術家的一生，遍歷名山大川，吸收前人經驗，從而創造自己獨特的技法。以此爲本，滲之以自己的眼光，則對任何題材，必然有與人不同的千變萬化表現。

如果這個詮釋站得住，則黃賓虹的晚年山水，自與視力衰退、心智迷糊無關。老年人的慧識，終究不是那麼空洞吧！

父親遊山玩水的那個身影，實際上發生在十七、八年前。那天，我其實終日隨侍在側，事後的回憶，卻始終看不到自己，只看見他一個人。那一天，距離他的大去，不到三個月。

理性上，一直認爲，那天的父親，應該快樂才對。卻始終無法解釋，爲什麼回憶中出現的那個身影，老是那麼孤獨，那麼悲涼。

十七、八年之後，做兒子的我，年齡逐漸向當年的他靠近，竟日甚一日地，惶惑不安了。

那天早晨，父親的心情明顯地興奮著。一路旅行，每天都是我照顧他起床，這天，不到六點，他便把我叫醒了。

「起床吧！」

他掀開我的蚊帳，探進來一張無法置信的臉，出發遠足前兒童一般的臉。

「趁天氣好，今天多跑幾個地方……」他說。

武漢是五十多年前的舊遊之地，父親曾在這一帶度過他大學時代的黃金歲月。我們住在長江邊上的一家賓館裡，從高樓窗戶望出去，可以見證毛澤東的詩句「龜蛇鎖大江」。

「先去黃鶴樓看看……」父親說，他把地圖攤在早餐桌上，一面規畫著行程。

「今天的重點是武大，時間留多一點，宿舍、圖書館、教室、校園裡、東湖濱，都得走一走……」

一九三一年到一九三五年，父親在武漢大學學習，前後五年，包括一年預科。那是他一生念念不忘的「好日子」。算起來，回首前塵，已經五十二年了。

父親一生，一半在大陸，一半在台灣。這次旅行，恐怕不只是舊地重遊。在台灣的後半生，武漢大學培養的這位土木工程師，從南到北，從都市到農村，從本島到外島，比台灣一些政客嘴裡愛說的所謂「走透透」，透徹何止千百倍。他是眞正腳踏「實地」的。北部的自來水，中部的道路橋梁，南部的灌溉渠道，都有他磨滅不了的腳印。石門水庫從深山到海濱的渠管工程，從設計到施工，他是全程參與的。

舊地重遊恐怕只是父親情感上的一些補充，理智上，我了解他，一生在國共你死我活的鬥爭裡活過來，這一趟萬里行，念茲在茲的，恐怕是想用他在台灣親身從事建設的經驗作爲衡量標準，仔細觀察評比一下，揣測分析，看一看這個他一生無法施展所學於斯的大陸中國的現代化建設事業，究竟有沒有成績？有沒有希望？

父親一生最大的遺憾，是爲此準備終生卻因戰亂失去機會的長江三峽大壩的興建。

那是我平生第一次見識到詩詞裡早就溫習了半輩子的黃鶴樓。我的觀感，只能以「不該來」三字形容。很簡單，一見之後，腦子裡的美好形象，破壞無遺。留下的，是永恆的醜陋。

父親比我寬容得多。他看過老舊破敗的黃鶴樓，這個社會主義新建設，他說：「雖然不怎麼美觀，施工也粗糙，比過去的那一個，氣派大多了……」

東湖之濱的珞珈山武大校園，基本上是同一個類型。

父親在學時，武大學生不過幾百人，校舍的建築與校園的規畫，即使比不上牛津、劍橋，恐怕也具體而微。如今，學生人數以萬計，校舍新建的不少，多爲鋼筋混凝土的蘇聯式建築，高大笨重，讓人喘不過氣來。校園雖然擴充，仍然顯得局促擁擠。而且，也許跟經費的籌供冷熱無常，政策的變化無端反覆有關，整個校園，大是夠大了，卻雜亂無章。

五十多年前的宿舍樓還健在，只不過，當年兩人一間的，現在塞滿了雙層床。

不變的也許只有東湖水。

父親卻免不了抱怨：「湖水好像遠不如當年那麼澄澈了。」

那天晚上，我記得特別清楚，是父親來給我放下蚊帳的。這個動作，是成年後的我，再也沒有經驗過的。

也許正因爲這個動作，我忽然生出了勇氣，向父親提問：

「你覺得怎麼樣？中國還有救嗎？」

他掀開了蚊帳一角，在床緣坐下來，沉思良久，才說了這麼兩句話：

「大陸的希望在台灣，台灣的前途在大陸。」

冬日長閒，這兩句話，又像黃賓虹的晚年山水一樣，在窗外不著邊際的遠空，揮之不去。

情斷老區

《毛選》第一卷有篇文章，題目是〈星星之火，可以燎原〉。這是毛澤東青年時代的文字，火氣很大，裡面提到「紅軍三打永新城……」。這個永新，便是我的出生地，位於井崗山腳下。

中共把他們二、三十年代曾經活躍過的地方，通稱「老區」，我的老家是老區中的老區。十幾年前，我回去過一次。那地方，歷經滄桑，雖然是紅朝天子發跡之處，至今依然貧困落後。不過，因爲是第一代革命者出生入死的原鄉，「老區」兩字，是帶著特別濃重的鄉愁的。

我也有我情有獨鍾的「老區」，雖然沒什麼大不了的歷史風煙，也毫無碧血黃花的記憶，我的鄉愁，多年來，總是在那一帶縈繞。

我的「老區」在台北市重慶南路和延平北路的周遭，是我每次回台北不能不背著人悄悄去走一趟的地方。

所以要背著人，是因爲不想讓人看到自己幾近唏噓的模樣。

一九四八年六月，記不清哪一天了，我在我的老區度過了今生在台灣的第一個夜晚。

晚上八點左右，年方三十七歲的父親，牽著我的手，領著全家，在襄陽路、館前街和重慶南路一帶散步。記憶最深的是當時新公園內的省立博物館和面對它的土地銀行的宏偉建築。當時的感覺留存至今，陌生之外，還有一點恐懼。三天前，父親也曾牽著我的手，在上海的外灘大馬路上散步，雖然也有高樓大廈，但因車水馬龍，人潮洶湧，市聲鼎沸，也許陌生，但不恐怖。

夜晚八點鐘的館前街，竟一片寂然，只偶爾聽見木屐敲在柏油路面上，傳出來一種彷彿釘棺材板的奇異聲響。

我記得，腦子裡轉過這麼一個念頭——爸爸爲什麼把我們帶到這種鬼地方來？

雖然不免成爲一種命運的預感，這樣奇怪的念頭，在小孩子的腦子裡，很快便給其他的新鮮刺激取代了。

頭一天的台灣之夜，全家七口人擠在沅陵街五洲旅社的一個房間裡，簡直比第一次童軍野外露營還要興奮。桌椅板凳的式樣已經夠怪的了，榻榻米床榻更是新奇，榻榻米好像空間無限的大舞台，鑽進大蚊帳之後，彷彿到達了自由自在的童話世界。

四個孩子在蚊帳內玩騎馬打仗，把紙拉門撞了一個大破洞，終於挨了一頓好打，才乖乖躺下。那晚上的夢，至今不曾忘記，自己變成了景陽崗的打虎英雄，被眾獵戶高高抬著，在陽穀縣大街上遊行，接受萬眾歡呼。

除了那幾聲清冷的棺材板鬼音，台灣第一天，對於我，何等偉大。跨海所乘的海黔號（招商局）基隆靠岸之後，吃飽了老家視爲珍品的香蕉和波蘿蜜，出了台北火車站，立刻坐上了又瘦又高的黃包車，一星期前分手的南昌天后宮國民學校四年級的哥兒們，能夠想像我這幾天的冒險嗎？

老區裡，多少風流韻事。

衡陽街口，找到過第一本《東方少年》。

重慶南路上，黑白二色裝幀的封皮底下，有我中學時代的左拉、巴爾札克、羅曼羅蘭、傑克倫敦……。

新公園邊門外，三葉莊旅社對面的田園音樂咖啡廳，是現代詩、抽象畫以及新小說、新電影各色波希米亞式人物交換心得與牢騷的溫床，我的大學四年，有一半在那裡混過。

武昌街明星咖啡屋前的周夢蝶詩攤，六十年代中期，有一、二年，我爲美國亞洲學會辦事，給美國各大學的中文圖書館和中國研究者提供資料，幾乎每兩、三個禮拜跑一次，向周夢蝶買了不知多少種台灣現代詩人無人問津的詩集。

美而廉西點店的二樓，也開設過一家咖啡廳，那是我應邀第一次討論存在主義哲學的地方。

在我的老區裡，重慶南路及其周邊地區外，自然還有西門町和中華商場。在中華商場二樓有個出租店面（也許因爲是二樓，租金便宜），我曾參觀過黃華成自創但毫無反響的「大台北畫派」的首次展覽。一進門，參觀者被迫（因無處可避）將沾滿灰塵或泥濘的雙鞋，在印有達文西蒙娜麗莎微笑的地墊上擦拭乾淨。

這是黃華成超現實主義的顚覆手段，他的展覽室裡，懸掛著一條條月經帶。我還記得他寫的〈大台北畫派宣言〉，裡面有這麼一條：「反對共產黨，並反對假共產黨」，因爲黃華成心裡的假共產黨一共兩個人，陳映眞和在下。

西門町的電影院，是我反好萊塢接著反美因此不願去又不能不去的要站。彈子房則是交換反蔣情報的理想國，那裡從來沒有「公共場所莫談國是」的招貼，也沒有「匪諜自首既往不咎」的廣告。

老區裡面還有一個文化思想重地，就在前述田園音樂咖啡廳樓下對門。那個時代的言論造反，必須有巧妙的包裝。談邏輯實徵論，爲的是拆穿「反共復國」的虛假；講功能學派，目的是打倒「三民主義」。這就是蕭孟能和李敖一裡一外撐持的文星書店。

除了台北的西區，我的老區還有一塊在北。延平北路的第一劇場，是我的日本電影文化啓蒙地，從《青色山脈》、《相逢有樂町》到石原裕次郎的《勝利者》（根據其兄石原慎太郎小說《太陽的季節》改編），從《地獄門》、《宮本武藏》到勝新太郎的《盲刀》，我胡亂吸收了日本文學和電影的寶石和渣滓，但因此倒也有些好處，自小接受無疑的抗日教育因此有了緩衝，我胸中的日本，既非萬惡不赦，也非純潔無瑕。

我的傳統曲藝愛好，開竅於迪化街的永樂大劇院，那是父親留給我的一份遺產。

我的老區，遂不能不成其爲雜湊著現實與夢想的大拼盤。

唯其因爲是如此混亂地糾纏著宏觀歷史與微觀命運的大拼盤，每次回台灣，不能不在安排緊密的時程中，抽空到老區各地去走一走。只要有可能，我一定不邀任何朋友，自己一個人走。

我要讓我的鄉愁萬種直接面對時間的無情，我知道，在我近年來多次隻身赴會的徜徉中，我的心腸終將變得鐵硬。終於會有那麼一天，我期待，不必有人對著我的臉出惡言發惡聲，叫囂恐嚇「外省豬滾回去！」我已具備足夠的冷靜功夫與應變從容的能量，心中且暗笑，我該對自己說：「時候到了，不必留戀了！」

中華商場已經拆除，田園、三葉莊、美而廉早已不在，西門町成了青少年打情罵俏嗑藥援交的鬼混場所，重慶南路上那一溜書店，除了教科書、美語入門、兒童漫畫、發財祕笈和大批莫名其妙不知所云的暢銷書，其實也不剩什麼了。

老區裡的人物，多已經過時間處理，黃華成早逝、周夢蝶已邈、蕭孟能不知所終、李敖發了點財，成了過氣的名嘴……。

那一年，我回到我的另一故鄉——羅霄山脈那一個既窮又破的小縣城，那裡的鄉親告訴我：「他們哪裡還記得，飛黃騰達了，不過讓我們在這裡爛下去……」

「他們」指的是當年在那裡苦幹過的朱毛一類。我的家鄉是對岸的典型「老區」，升官發財的人早已他去，留下來的只剩下苦撐革命精神的空殼。

我的「老區」呢？倒是比以前繁華百倍，但卻以另一種方式，爛下去。

莫札特想念毛主席

關於保釣期間的一些奇聞軼事，我已經拉拉雜雜寫了不少篇，有一個故事始終放在心上，卻遲遲不敢下筆，主要是下意識裡覺得這故事牽涉到的問題相當嚴重，可以說「人命關天」。

「人命關天」的事，不容易以平常心視之。寫淡了，顯得輕佻；寫重了，又難符本意。現在決定寫，是因爲發覺，這所謂的一個故事，其實是兩個故事。把兩個故事並列在這裡，比較能以平常心處之。至於讀者究竟會得到什麼樣的感受，很可能與讀者本人對世事人生的體會有關，我就不必畫蛇添足，只說故事吧。

第一個故事叫做「少一個」。

小琴和老陳是一對六十年代末期來美留學的標準夫婦。老陳念的是工科，不到三年便拿了碩士學位，擺脫了洗碗端盤子生涯，在一家建築公司找到了工作。小琴是在老陳拿到學位並解決了身分居留問題後才出的國，兩個人很快成家，原來學會計的小琴，也開始到一家報稅公司上班。

兩份工作，兩份收入，再加上從小習慣的省吃儉用，可以預料，到了七十年代初期，他們這個家，應該很快便能實現所謂的「美國夢」——郊區買一幢花園洋房，生兒育女，培養下一代。

保釣徹底改變了他們的生活道路。

尤其到了保釣後期（應該是一九七二年以後的事），示威、遊行、國是大會等大規模動員的那一類外在活動逐漸冷了下來，絕大多數的「即興」群眾慢慢散光了以後，運動的方向開始從「革別人的命」，邁向「革自己的命」。學習小組成爲運動唯一還能跳動的脈搏。

老陳和小琴所屬的小組，在全美國範圍內，算是最積極的一個。因爲他們住在紐約地區，這裡有華埠，所以，除了辦油印小報做宣傳，還有非常實在的「爲人民服務」的課題。

小組成員全體投入紐約華埠一個專爲老僑服務的工作項目。

七十年代初期，紐約華埠有史以來第一次公開打出了五星旗。華埠開埠上百年，一向是青天白日滿地紅的天下，五星旗的出現，震撼性非同小可。

首先打出五星旗的是加薩林街的四新商店。四新商店的開創和經營者也是台灣留學生，威斯康辛大學的化學博士程明怡。四新開張以後那幾天，華埠風聲鶴唳，傳統老僑團僱好了流氓打手，準備燒旗毀店。老陳和小琴參加了護旗行動，輪流到四新打地鋪守夜。

當時的緊張，三十年後的今天，當然成了笑譚，特別是台灣近些年大搞「去中國化」，連老僑團都紛紛轉向，有些已經自動掛五星旗了。可是當年的護旗護店（四新專營大陸貨），確實是生死置之度外的。

爲了長期保護「中國」進入美國的華人世界，護旗只不過是表面工作，團結老華僑，改變他們的政治態度，才是釜底抽薪之計，這就是老陳和小琴所屬的那個小組策畫並參與的華埠服務組織。

這個組織的工作看來很單純，有點像社會福利服務。組織成員選擇華埠的一些耆老團體爲對象，爲他們做無微不至的服務，包括每天天不亮就派人到批發市場去購買蔬菜果肉食品，然後再賤價轉賣給老人。

參加這項服務，對老陳與小琴雖然辛苦，但並不太困難。因爲那段時期，小組規定每天早晨四點起床，學習毛主席著作。學習完畢開車北上到布朗克斯的農產品批發市場買菜，再送到華埠卸貨，完成任務後，恰好是上班時間。可是，問題終於來了。兩夫婦忙中有錯，計畫生育沒做好，小琴意外懷孕了。

這個情況，縱然對小倆口的未來收入有影響，問題還不太嚴重。嚴重的是，服務項目本已人手不足，而且還因爲種種原因，包括內部進行的自我批評與互相批評，成員陸續流失。問題提到了小組會議上，經過反覆學習和討論，小組最後以民主表決的方式解決革命需要與家庭生活之間這一無法調和的矛盾，決定小琴必須墮胎。

我聽到這個故事的時候，已經過了五、六年，毛、周相繼過世，四人幫下獄，文革成了歷史名詞。一九八九年天安門事件，紐約舉行了萬人持燭悼念，我在中國領事館附近，看到小琴一身素白，手持白燭，老陳仍然跟她站在一起。我不太清楚他們後來的變化，只聽說，因爲人工流產做得太晚，他們的家，不可能再有下一代了。

再說「多一個」的故事。

跟老陳與小琴一樣，小湯與阿梅也是那個時代典型的台灣留學生。小湯也學工，阿梅有點不同，她原是念文學的。結婚以後，爲了支持小湯完成博士學位，什麼工作好找，她就學什麼，她先後做過電腦打卡，做過圖書館，還兼差過房地產掮客。

保釣後期，他們遇到的問題，也略有不同，叫做「團結骨肉同胞」。

這個問題，現在聽起來當然也有點像天方夜譚。不過，當時也是很實在的。

保釣後期的政治目標有點轉移，因爲請願、遊行、示威和國是大會都不能有效實現保衛釣魚台的主權，積極參與者的頭腦裡於是產生了一個關鍵的轉折：國家分裂不可能產生一致對外的強有力政府。要最終實現釣魚台的主權回歸，首先必須結束國家內鬥分裂的狀態。統一的中國才能不受美國擺布，日本欺負。

保釣積極分子面對這個課題，開始關心台灣的歷史經驗，設法了解「亞細亞孤兒」的心情，檢討學習「二二八事件」的慘痛教訓。

「團結骨肉同胞」這個口號，便是在這種情境中提出來的。

必須明白，保釣運動從一開始，完全不帶任何省籍情結，根本不知道誰是本省人誰是外省人。反而在港澳學生與台灣學生之間有些區隔，這主要是台灣學生多少受到高壓統治的影響，做人做事不免瞻前顧後，港澳學生則毫無心理負擔，他們的行事作風往往被台灣同學視爲急躁冒進。同理，台灣同學則受到了保守、膽小的批評。

這種內部矛盾漸漸形成了一些壓力。面對這種壓力，港澳同學要求自己成熟細心，台灣同學要求自己表現魄力。小湯和阿梅的決定，多少與群眾運動中的這種微妙心理狀態有關。

他們所屬的那個小組中，有一對本省籍夫婦，丈夫三代單傳，妻子有不孕症。夫妻兩人的家族，都是「二二八」事件的受害人。

我不清楚這個駭人聽聞的決定是否經過小組的集體討論。總之，我聽到的故事是，小湯和阿梅經過九個月的努力，生下了一個男孩，送給不孕的那對「骨肉同胞」夫婦收養。

這個孩子，今天應該快到而立之年了。

如果他知道自己的身世，如果他恰好也關心台灣當前的政治，不知他對「省籍矛盾」這個議題不時給政客用來作爲選戰武器運用會有什麼樣的感想。

旅法的一位大陸電影編導拍了一部電影《巴爾札克與小裁縫》，描寫兩位知青的下鄉經驗，其中有這麼一段插曲：一位知青在屋內幫助他的女友非法墮胎，另一位（小提琴手）在外面把風，路上過來的是村委書記，問他：「你拉的歌叫什麼名字？」答道：「莫札特想念毛主席！」村委書記滿意地走了，避過了一場風暴。

這也是三十年前的故事。

在歷史長河中，三十年不過是一眨眼。

再眨一次眼，三十年後看今天台灣熱鬧滾滾的選戰與正名運動，大概也是一句「莫札特想念毛主席」便可結案。

阿發

有人問我：爲什麼對高爾夫球這運動如此著迷？我的答案很簡單，只有兩個字——矛盾。

有人問我：爲什麼年紀大了，還能維持讀書的興趣？我的答案也只有兩個字：矛盾。

打球和讀書，彷彿是性質截然不同的兩種活動，都統一在「矛盾」上面，應該可以成爲一個有趣的話題。

打球是比較容易解釋的，因爲一場球，就是一個不斷處理矛盾的過程。

稍有經驗的人都知道，高爾夫球的每一次揮桿，都是體驗矛盾的一次掙扎。

爲了製造高飛球的效果，揮桿的要領是：在桿頭接觸球體的刹那，必須抗拒本能，避免把球舀（scoop）起來，球桿的運動方向，一定要堅持繼續向下。

越是難打的球，越要放鬆，好球員與壞球員的基本分野，往往就在這裡。高球運動中時時呈現的矛盾難題，自然是挫折沮喪的可靠來源，卻也是歡樂幸福的必經之路。輕而易舉、萬無一失的成功率，無法產生快感。

因此，高球界的智者說：這是使人謙卑的運動（a humbling sport）。也有人說：我恨死這個遊戲，但我明天還是要來。

讀書也約略如此。

「好讀書而不求甚解」，聽起來好像沒什麼道理，卻自有深意。讀書人如果不了解這種活動本身充滿了內在矛盾，必然成為死讀書的糊塗蟲。死讀書不如無書。

書是活的，同時也是死的，關鍵在於讀書人如何與著書人溝通。讀書人如果抓不住這個矛盾，就不知道如何把自己的知識基礎、感情世界與生活經驗聯繫上，所讀的書便成為死書，所吸收的也不過是一組組毫無意義的文字符號。

懂得讀書的人，因此不能不把書當作朋友，也當作敵人。

所以說了上面這一大堆硬邦邦的話，其實無意於訓誨或開導。只因為我想起了一個人。多年前，還是在聯合國上班的初期，有一天，正在辦公室裡忙得焦頭爛額，忽然有人敲門。我們的主管領著一位剛報到的新同事，給大家介紹見面。

這是我第一次見到阿發，多麼不尋常的第一次！阿發在主管介紹後，立刻上前緊緊握住我習慣性伸出的手，以無比嚴肅的語調說：「××同志，毛主席說：『我們都是來自五湖四海，爲了一個共同的革命目標，走到一起來了……』您說是嗎？」

我一時瞠目結舌，一句話也說不出來，只覺得屋子裡，剎時間，一片寂然。

阿發是廣東人，說話卻不像港澳朋友，沒有那種刺耳的廣東腔，而且慢條斯理，每個字咬得特別清楚，所以跟北京腔也不太一樣，彷彿是靠熟讀拼音或注音符號一個字一個字那麼苦讀背誦練出來的。他的身材，也是南方人的典型，矮小但適中。我想主要還是因爲他的動作，與常人相比，穩重而遲緩，所以，感覺上雖不算高大，卻也絕不讓人看扁，反而透出某一種莊重矜持的姿態，我想，這就是爲什麼他雖每每於開會時說出些出人意表的話，也沒有誰公然笑出來的原因。

有一次，我記得，我們的職工單位開大會，討論要不要參加總工會號召的罷工行動。這當然是個嚴肅緊張的場合，因爲投票決定參加罷工，行政當局方面究竟會使用哪種手段，誰也不清楚。

表決前，每個人都得表態。輪到阿發的時候，他站起來，左手插進褲袋裡，右手握拳舉高，眼睛望著天空，不，不能算天空，因爲還有天花板。總之，全場都對他行注目禮了，他才一字一個坑地講了這麼一段：

如果他們要打，就把他們徹底消滅。事情就是這樣，他來進攻，我們把他消滅了，他就舒服了。消滅一點，舒服一點；消滅得多，舒服得多；徹底消滅，徹底舒服。

然後，坐下了。

全場肅然，沒有一個人敢笑。也足足有五分鐘，沒有一個人接腔。

職工會主席，樣子有點尷尬，不知道怎麼處理才好。按說，這段話，應該是代表一個會員的心聲吧，那就不能算錯，阿發有權自由表達意見，擺明立場。然而，這段話，工會主席心裡知道，在場的人也明白，是一九四五年國共談判破裂後毛澤東「戰書」中的警句，用在我們面前的這個場合，卻只能產生喜劇效果。可是，每個人的職業生涯都多少牽涉在裡面，阿發又是百分之百認眞，怎麼笑得出來呢。所以，五分鐘的冷場後，他只好宣布：「沒有其他意見的話，我們就表決吧！」

大家都知道，阿發不能視爲那種靠著背誦《毛語錄》闖進「革命陣營」亂搞「階級鬥爭」的人。不，他基本上與人無爭，與世無爭。而且，他還有個頭銜，巴黎大學中國文學博士，是確有文憑作證的。他的中國文學素養，誰也摸不清底，辦公室裡，從他專用的書架到書桌，堆滿了研究中國古典文學的法文專業著作。線裝書也經常換，一換就是幾十本一套的經典，雖然沒什麼人向他請教，但他自有一種不可侵犯的尊嚴，直到阿發有次度假，從天安門前寄來了一張明信片，上面既無問候，也無遊山玩水的記載，只有四句詩：

八一到中華，
心潮湧浪花。
工農團結緊，
軍民是一家。

文學博士的詩，雖然好像沒有什麼平仄講究，卻也不能說他立意不好，而且還壓了韻呢。不過，因爲實在只是一首打油詩，好事者便開始傳閱了，最後竟出現在布告欄上，成爲奇文共賞的目標。

阿發度假的那一個月裡，我們這個單位流行了一陣詩人的名句。譬如說，有人問你：週末過得好嗎？答案必然是：好，當然好，心潮湧浪花嘛！男女同事約會午餐，就有人說「工農團結緊」，某某拍長官的馬屁，便叫做「軍民是一家」，諸如此類。

這些風言風語，等阿發一出現在走廊裡，便立刻自動消失了。他的穩重的步履，似乎有一種鎮壓作用，讓人不得不肅然起敬。

歸根究柢，阿發確實是個勤勞而誠實的讀書人。他用功的程度，我們那一圈人裡面，沒有誰趕得上。他不但經常捧著一本書，而且專注、投入。他的獨特工夫，常人更望塵莫及。除了經常、大量閱讀，凡是書上由他自己畫下紅線的段落，他能一字不錯背誦下來。而這些隨時應用的名句、警句，出處絕不限於《毛語錄》，康德、黑格爾、馬克思、列寧，往往一來就是一大串。經常讓人措手不及、驚惶失色。

我相信他讀毛澤東也不限於林彪爲了奪權編選出來的那一小本語錄。

那年他生了一對雙胞胎兒子，兩個兒子一模一樣，他分別取了單名，一個叫矛，一個叫盾。

如果他沒有熟讀毛澤東的哲學大作《矛盾論》，能想出如此對立而又統一的名字嗎？

母親節

母親節往往是個兩難，置之不理的話（美國有百分之二五的人採取這種態度），覺得對不起家裡的母親（包括自己和孩子的母親）；循例慶祝，又覺得是上當。母親節原是商人為了促銷而陰謀製造的假日，選在每年五月的第二個禮拜日，就為了避免公私衙門擋駕，保證商品暢銷，餐館食客盈門。

今年的母親節，我們家不宜免俗，因為同時有三位母親歡聚一堂。大妹從台北飛來，小妹剛好在四月底辦理了提前退休，我們家兩個孩子，也覺得該讓媽媽輕輕鬆鬆過一天快樂日子，所以，早在兩個星期以前，就在城裡的高級餐館訂了座。

入鄉隨俗的慶祝法，卻給母親們反對掉了，理由是：這一天的餐館，無論多麼高級，無不粗製濫造，與其受洋罪，不如在家裡過。

這個意見的底下，其實隱藏著兩個動機：第一，她們要進行機會教育，讓平日懶惰慣了的老小兩代「男子漢」，上菜場，下廚房，殺殺威風；第二，她們要看現場轉播的「亞洲兵團」演出。

第一個動機，不便拆穿，更不能違抗。第二個動機也可以了解，因爲三位母親都到了熬出頭的年紀，這兩年同時成爲高爾夫迷，除了自己發燒，美國職業女子高球巡迴賽中近兩、三年出現的一批亞裔高球手，簡直成爲她們發揮母愛的新對象。

於是，公推我小妹的丈夫出任大廚，他因爲職務關係，曾在出差義大利時得高人傳授祕方，通心粉的調味汁風味絕佳。我家老大擅長精烤porthouse牛扒，老二可以貢獻有機生菜沙拉和燜煎紅皮馬鈴薯，我分攤到的任務就只剩跑腿和洗碗的下下手工作了。定單中，除以上各式菜餚的材料外，還包括印度紅長枝玫瑰一束。

禮拜天是LPGA（女職高）巡迴賽的決戰之日，在歷史名城威廉斯堡的國王磨坊（Kingsmill）球場舉行。亞洲兵團內，有幾名選手，在前三天比賽中，打得相當出色。

看球賽一定要有參與感，才可能緊張刺激。當然，最佳的選擇是親赴現場，如果做不到，至少也要看現場轉播，絕不能事後看錄影，因爲那種生死交關，成敗立判的懸疑完全消失無蹤。我們家的三位女將尤其不能放棄現場效果，因爲她們都是「亞洲兵團」的熱烈擁護者。

「亞洲兵團」是此間亞裔不能不關心的主題，這個現象，從去年成爲新聞後，乃引起廣泛注意，現在已成不可阻擋的趨勢。

去年秋天，有個美國二流女高選手（姑隱其名），忽然對新聞界宣布：女職高巡迴賽快給亞洲人毀了！這些人，既不社交，又不跟媒體溝通，打Pro-Am（指職業比賽前酬賓式的友誼賽）時，話也不肯多講，大多數人連英語都不會，長此以往……。總之，這位已經過氣且從無優異表現的白人選手，把近年來LPGA難免遇到的一些問題，全部歸咎於「亞洲兵團」的出現。

這個種族意味濃厚的評論，很快掀起軒然大波，身歷其境的亞裔運動員自然強烈反彈，媒體上的議論也一致指責，最後定調的是LPGA的委員長泰・沃濤（Ty M.Votaw）。他公開宣布：女職高是個只問專業品質絕對沒有種族之分的純運動團體，它的大門，永遠向全世界最優秀的選手開放。美國女職高的最終理想是成爲世界性的女子高球巡迴賽。

二流白人選手，在群情激憤下，被迫公開道歉。

正是由於這場風波，我們家的三位女將，從此特別關心女職高正式比賽中亞裔選手的成績。

「亞洲兵團」確非虛有其名。今年取得參賽資格的LPGA選手中，來自南韓的已達二十五人。日本選手參與的歷史最久，過去有過突出表現，目前每年都有五、六人長期在美國參賽。來自泰國、菲律賓和台灣的選手這幾年開始嶄露頭角。泰裔但有華人血統的宋娥莉（Aree Song），今年五月才滿十八歲，初次以職業資格參加比賽，由於年齡不符規定（LPGA規定的最低齡是十八歲，但不競逐獎金的業餘選手不受此限），還須LPGA當局特別批准。宋娥莉從十二、三歲開始便以被贊助業餘選手資格多次在女職高正式比賽中打出好成績，她還有個雙胞胎妹妹，目前也在女職高的預備隊中比賽（名叫未來巡迴賽〔The Future Tour〕，相當於職棒小聯盟）。宋娥莉年齡雖小，現場發揮的穩定性和性格抗壓力驚人，今年第一次大賽（major）中，第七十二洞一記二十五呎的老鷹推桿進洞，若非朴祉垠（Grace Park）穩住了六呎博蒂推桿，她今年初出茅廬就奪得大賽錦標。

朴祉垠是目前最炙手可熱的選手，自幼跟隨家人移民美國，在美讀大學時代即已成名，身高五呎六吋，公元二〇〇〇年進入職業圈，贏過五次比賽，但從未贏過大賽。今年三月二十八日終於在Kraft Nabisco Championship奪魁（本年度四大賽頭一場）。到目前爲止，朴祉垠獎金累積五十三萬八千七百二十五元，在LPGA名列第一。

韓國眾將中，名氣最大成就最高的當然是朴世莉（Se Ri Pak）。出生於韓國，中學時代原爲短跑選手，十四歲時由父親啓蒙教球。爲了鍛鍊她的抗壓力，傳說父親常深更半夜把她帶進墳場。未到美國前便已在韓國業餘比賽得過三十次冠軍。一九九七年赴美，一九九八年得最佳新手獎（第一年就贏了兩次大賽）。到現在爲止，進入LPGA剛七年，便已取得名人堂資格。LPGA的名人堂（Hall of Fame）甄選法有它自己的一套規定，靠比賽成績累積點數決定，例如贏一次大賽得兩點，普通比賽一點，全年平均最低桿與獎金累積額等條件都可計分。

韓國選手中，還有韓熙圓（Hee Won Han）、金美賢（Mi Hyun Kim）、金楚籠（Christina Kim）等，都是具有奪冠實力的優秀運動員。此外，今年新從韓國來，通過了資格賽（Q-school）取得執照的還有好幾位，實力也很強。這兩年崛起的魏成美（Michelle Wie），才十四歲，已公認爲未來的女界老虎。

亞洲軍團其實八〇%是韓國人天下，台灣目前只有所謂的雙萍。林玉萍偶有佳作，基本徘徊在淘汰線上下。龔怡萍去年表現特別好，贏過三次比賽，今年出賽以來，不太穩定，時好時壞，偶而在領先榜（leader board）上亮名，但尚未能堅持終局。

「未來巡迴賽」中，今年聽說有一位中國大陸的選手入了門。大陸對體育運動員的培養是肯花大錢並下苦功的，但高爾夫球尚未列入奧運項目，也許是至今未受重視的原因。聽說二〇〇八年可能列入奧運，今後的大陸動向，值得注意。

以當前女子高球運動的全球分布情況看，美國的LPGA最有可能成爲全球性巡迴賽的主辦單位。它的歷史最悠久（五十四年），組織最完備，除了兩個巡迴賽，LPGA於一九五九年成立了一個教學和專業營運單位，叫做LPGA Teaching & Club Professional Division，負責培養和管理職業教學和球場經營的人才，目前成員超過一千三百人，此外還有LPGA基金會及其推動的各類方案。LPGA總部設於佛羅里達州德唐納海灘（Daytona Beach），設有兩個十八洞球場。我曾在五年前打過其中的冠軍球場（Champions Course），印象深刻，名家Rees Jones的設計，極具挑戰性，球場維護管理的水準，絕對一流。LPGA今年共將舉辦三十三次正式比賽，總獎金額高達四千三百萬美元。

所以不厭其詳介紹這些情況，無非是藉此呼籲，希望台灣體育界和支持體育運動的企業拿出魄力來，學習韓國的成功榜樣。在國際能見度這個總的戰略上，女子高球是個難得的突破口，而台灣確有事半功倍的潛力。

再回到母親節。朴世莉在這天揮出六十五桿的傲人成績，得冠後，向全世界宣布：這是她給媽媽的禮物。

我們家的母親節，也在此時達到了高潮。

第四輯

選舉前後

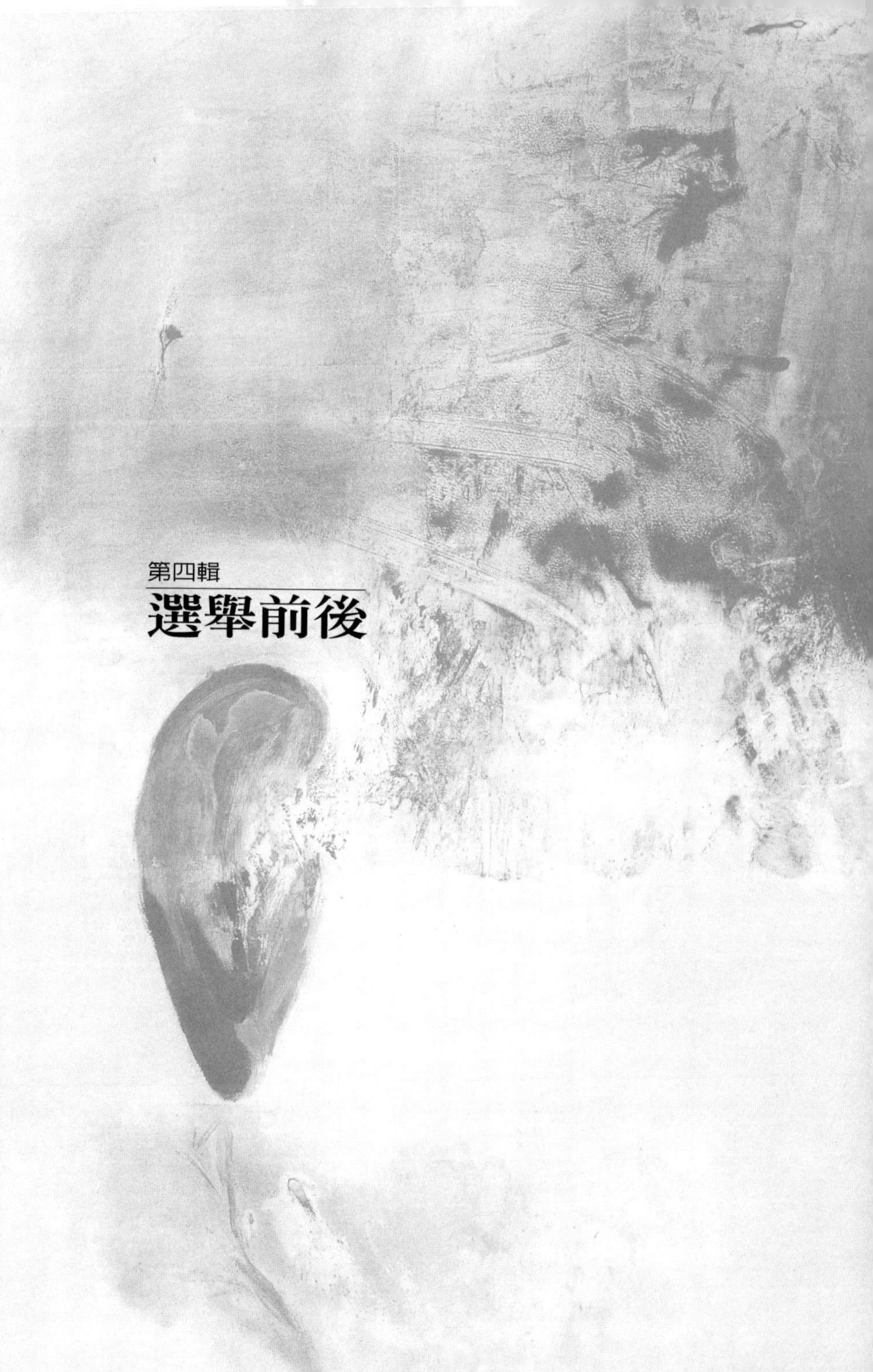

四大挑戰

台灣有些政客認爲，中共因爲內部問題重重，又有二〇〇八年的奧運會和二〇一〇年的世博會，短期內，不可能空出手來全力對付台灣，因此暗示，台灣建國的最佳時機，就是未來這五、七年了。

這個推論，很多人也許立刻斥之爲選舉語言，不值一提。但是，肯定也有不少人，爲此興奮不已，甚至以之作爲制訂政綱或確立人生目標的藍圖，也不一定。

當然，這個動人主張的最大毛病，在於從前提到結論，跳躍得太快。兩者的因果關係，完全是一廂情願的空想，它的實際效應，其實跟紐約樂透獎券的推銷廣告口號，本質相同。那句有名的口號說：

Hey, you never know!

譯成我們懂的文字，就是：嘿！說不定呢！當然，沒有人不知道，樂透大獎的中獎率，早有專家研究過，相當於一個人一天之內連續被閃電擊中七次！

不過，推論即使不能成立，它所以還有些迷惑人的效果，就因爲前提部分有一定的眞實性，不能說沒有依據。

中共內部問題重重，同時又積極努力在東亞崛起，是不容辯駁的事實。

我最近因爲想了解一些問題，到處找參考書，無意中發現了一本，裡面有些資料，很可以作爲上述這個推論前提的註腳，雖然資料不算很新，但從趨勢推斷，應該依然有效。

書的作者是大陸旅美社會學者郝志東，目前在Whittier College教書，書名叫《十字路口的知識分子》（原名：Intellectuals at a Crossroads），紐約大學出版社二〇〇三年出版。

這本書可能是近年來有關中國知識分子問題最完整的社會學研究。我現在只簡單介紹一下郝氏在結論部分提出的當代大陸知識分子面對的三大危機。這些危機，嚴重影響中國的現代化進程，作爲「中共內部問題重重」的濃縮印象看，也未嘗不可。

第一，生態環境危機：

人口按目前增長率，到二〇二五年還將增加二億，土壤侵蝕與荒漠化（一稱沙漠化）繼續擴大，空氣污染與水資源的匱乏和污染更加嚴重。

空氣污染方面，中國目前的主要商用燃料，百分之七十七靠煤，而美國只占百分之三十三。尤其是中國北方，空氣污染指數超過世界衛生組織所訂標準五至六倍。肺部疾病爲中國人死亡率的主要原因，從一九八八年到一九九三年，致病率增加百分之十八點五。

全中國三分之一的土地受酸雨之害，工廠送進大氣中的二氧化硫，公元二〇〇〇年幾達十四億噸……。全國五百個大中城市有三百個缺水。工廠繼續將工業廢料排入水道。僅一九九三年一年，就有三百五十五億噸污水和工業廢物排入江河湖海。城市外圍的固體廢物造成了地下水的污染，人民雖開始使用人工罐裝水，但一九九三至一九九五年的政府檢查發現，一半以上礦泉水含菌超過標準……。

第二，社會和政治危機：

台灣、香港、西藏和新疆都有民族主義和準民族主義的分裂勢力活動。

貪污腐化問題嚴重。一九九八年曾對五十個城市的居民進行調查，答卷中人們最關切的首要問題是貪污腐化，其次是失業。失業和隱藏失業造成了社會動盪不安。據官方報導，一九九八年全國發生集體抗議事件五千餘次。全國罷工一九九二年四百八十次，一九九五年一千八百七十次，一九九六年前九個月即達一千七百四十次。

對於這些社會危機的處理，中國人目前已失去所有精神思想上的依靠。傳統的儒、釋、道雖略有恢復，完全不足以抗拒向「錢」看的大潮，今天的中國是個「沒有新教倫理的資本主義怪物」。馬克思主義的精神原則早已蕩然無存，道德眞空是法輪功一類半宗教半迷信迅速氾濫的原因。中國當代知識分子面臨著純商業利益吞噬一切的嚴重價值危機。

第三，教育危機：

以一九九三年的統計數字看，全國大專年齡的青年只有百分之十一有機會上大學，而美國的同一統計數字爲百分之七十五。到一九九七年，大學程度的男女占人口總數僅百分之二點五三，這個比例，遠不敷中國經濟現代化的需要。此外，由於經濟上的壓力，大學入學的科系選擇日益偏向科技實務，一反傳統，人文和社會科學變成了冷門，長期而言，現代化道路上的中國，迷信科技能夠解決所有現代化問題的想法，後果難以設想。

師資的問題更爲嚴峻。一九九二年統計，百分之四十的大學教員年齡超過六十一歲，三十五歲以下者僅占百分之十一。大學普遍缺乏三十至四十五歲的教員，原因很簡單，這些人大多給新起的公司文化吸引走了。甚至連北大都曾報導，百分之六十至七十的新聘教員，上任一年就另謀出路。一九九二年的調查顯示，中小學教員這一年的離職人數達四十五萬人，中國的文盲人口至今還有約二億。

師資散失的主要原因當然是收入微薄。據報導，一九九二年四川某縣共有七千名中小學教員七個月領不到一文薪水……。

事實上，中國內部的重重問題肯定不止以上所列舉的條目，但大致都可以歸入這三大類。這三大類問題當然已足夠坐實台灣某些政客所提主張的那個前提。只不過，這個前提無論如何推不出「獨立建國大好時機」這個美妙的結論。

世事的演變也許恰好與此相反。發動第二次世界大戰的德國納粹與日本軍國主義思潮，都是在內部危機重重中迅速演變爲對外冒險的軍事行動，其結果也不難預料，很可能建國未成反先毀滅。

針對郝氏所提當代中國知識分子面對三大危機的挑戰，我們可以設想台灣當代知識分子面對的挑戰。

台灣當代知識分子最大的挑戰莫過於「台灣生存」的危機。

選戰期間的政客語言往往成爲知識上的最大迷障，拆穿選舉語言的虛妄，應該屬於知識分子的本職之一。

選舉活動本身只是發展中的社會現象，一般選民也許不免隨選舉語言起舞，知識分子卻必須作爲社會現象的冷靜觀察者、分析者和評論者，必須提升層次，從更高更廣更遠的角度，對「台灣生存」這個命題進行思考。

直接投入權力搏鬥的藍綠兩大陣營，在「台灣生存」這個概念框架上，不太可能有高瞻遠矚的突破，因爲它們不可能擺脫選舉策略的現實考量。藍營的「維持現狀」訴求與綠營的「假民主眞自決」訴求，不但無法爲選民釐清「台灣生存」這個根本問題所涉及的複雜層面，反而會掩蓋問題的本質。

目前的歷史使命是：如何從大陸內政的重重危機與胡溫體制期求安定團結的願望中，找到「台灣生存」的合理道路；如何從北京與華府戰略關係不斷變化的新局中，開拓「台灣生存」的新契機，需要冷靜、務實、細密而前瞻的思考。民粹與苟安，都不是路。

選舉不能解決問題，只會製造更多問題，我們期待的是眞正的思想家。

來龍與去脈

最近一陣子，住在美國而事事關心兩岸變化的人，面對著一場又一場政治大秀，簡直喘不過氣來。

陳水扁和溫家寶不約而同以美國爲主要舞台或散發信息的傳播中心，說明兩岸問題的癥結，不完全在兩岸，華盛頓的作爲，可能更舉足輕重。海外反統促獨和反獨促統的各派人馬紛紛爲此動員，抓住台北或北京領導人過境的機會，你爭我奪，力求在媒體亮相，藉此向全世界公開他們的訴求，一時之間，彷彿久無動靜的海峽風雲，又要進入緊張狀態。

這些越洋演出的連台好戲，在演出的地點，反而不太轟動，除了華僑和美國一些政客，眞正的觀眾其實不在這裡。陳水扁的「欣榮之旅」是做給台灣選民看的，美國媒體沒有顯著報導，當然更不會有什麼評論。

溫家寶的首次訪美，若不是兩國貿易額差距驚人，引起了美國製造業者以及代表他們利益的政客多方遊說施壓，若不是北朝鮮玩弄核訛詐，布希被迫找北京協助解套，肯定也不會太引人矚目。溫家寶還沒有回到北京（離開華盛頓之後，他先去加拿大，再飛墨西哥、非洲），全美國的媒體早已把兩岸問題忘得一乾二淨。加上這兩天從地洞裡抓到了滿臉鬍子、潦倒不堪的遊民薩達姆．海珊，布希的民意支持率，一夜之間從百分之五十二跳到百分之五十八，他哪裡還記得幾天之前會見的那個「戰略夥伴」，更別提他斥責過的「台灣那個領導人」了。

這些年來，政治秀看多了，我明白了一些事情。政治上的高潮表演，往往因爲眼花繚亂的現場效果，更重要的來龍和去脈，反被掩蓋。必須了解，布希也許忘了他幾天前的表情、動作和聲明，但他的表情、動作和聲明卻必然觸發他權力架構底下的決策和執行機制。這個機器一旦開動，又必然會在未來的某些事態變化上體現出來。

這裡面隱隱含著台灣未來命運的一些因素，似乎不能以看戲的心情輕鬆對待。

首先應該摸一摸這場戲的「來龍」部分，「來龍」清楚了，「去脈」就不會看糊塗了。

應該指出，在美國當權的部分重要決策人眼中，陳水扁這幾年演的這齣戲，並不那麼複雜。將眞正的目的隱藏起來，揀好聽的話迷惑對方，美國人叫 sweet talk，原是華府政客的普通招式，當然一眼拆穿。但對台灣部分選民而言，並不容易看清。這齣戲，用中國話說，叫做「偷天換日」。

美國一些決策人員大致認爲，這齣戲是從李登輝上台開始就揭開了序幕。這麼些年來，「台灣之父」與「台灣之子」同台上演著一套連續劇。所謂「偷天換日」，就是以「民主」爲包裝，換取實質的目標——「自決」。

「民主」是任何美國人都不應反對也不會不支持的，因爲這顯然是美國之所以爲美國的第一個前提。沒有民主，以及與之搭配的自由與人權，美國在國際上做任何事都師出無名。緊緊抓住了這個，李登輝與陳水扁暫時獲得了美國的有力支持。然而，這種支持不是永遠的，不是無條件的，不能不以美國的實際利益爲優先。符合其利益則鼓勵護衛；不符合的話，民主、自由與人權，也不見得就是不可侵犯的天條。以色列搞國家恐怖主義，美國睜隻眼閉隻眼，思過半矣。

「自決」卻屬於一個不同的範疇，它的利用價值，變化更快。第二次世界大戰結束後，「民族自決」一度是美國推動的重要政策，花了很大力氣通過聯合國組織，大搞全世界範圍的非殖民化。八十年代以前的聯合國總部，除聯大外，三個最重要的理事會之中，托管理事會與安全理事會、經社理事會權責並重，鼎足而立，它的「天命」就是非殖民化，促進並實現民族自決。

然而，近十幾年來，托管理事會已經基本結束，「民族自決」這一課題開始出現了變化，更由於南斯拉夫解體後出現的嚴重種族滅絕事件、非洲的種族大屠殺以及種族主義與恐怖主義之間的複雜關係，過去視爲神聖的「民族自決」，在當前美國強權主導的世界和平（Pax Americana）這個版圖中，漸漸失去了光彩。今天，要美國人爲一個弱小民族出錢、出力甚至流血，已無異於緣木求魚了。

陳水扁的防衛性公投，雖極力辯稱「台灣民主的深化」，美國人的解讀卻是「試圖片面改變台灣現狀」，是在「沒有立即而明顯的危險」狀態中的一種挑釁動作，名爲「民主」，實著眼於「自決」。

這是布希當溫家寶面打陳水扁一記耳光的主要原因。你搞的是自決嘛，哪裡是民主！與此相對，溫家寶唱的一齣戲，無異於「借刀殺人」。

鄧小平過去後，中國的強人政治逐漸式微。江澤民和朱鎔基無強人威望，仍保留強人姿態。在處理兩岸問題上，心勞力絀而效果適得其反。胡溫體制代表的是眞正的技術官僚，實事求是與和風細雨成爲典型作風。

對台灣而言，這才是眞正可怕的威脅。因爲技術官僚的特點是，他們沒有遠大空泛的理想，但對實際利益的掌控，布局嚴實細密，態度沉穩平和，手法乾淨利落。陳水扁的錯誤估計，在溫家寶「借刀殺人」後暴露無遺，如今陷於騎虎難下的困境，要貫徹公投又怕布希制裁，想放棄公投則可能盡失人心。

於是眞正承擔了未來風險的，是台灣二千三百萬人民和他們幾十年來艱苦拚搏創造的「現狀」。這個「現狀」，今後即使在沒有武力威脅的狀態下，能否順利維持，都很難預測了。

還應該進一步談一談「民族自決」這個概念。

這個概念，對於台灣而言，不能作爲一個抽象名詞來理解，必須聯繫實際，可能還是很殘酷的實際。

從最近解密的美國國家安全檔案中，我們驚心動魄發現，早在一九七一年，季辛吉穿針引線，周恩來順水推舟，暗中促成了尼克森與毛澤東的「歷史性會面」。從那時候開始，台灣民族自決論者視爲其理論基礎的「台灣地位未定論」，已經被尼克森完全拋棄，不過是美中關係正常化進程中的一個交換條件。成爲美國「一個中國」政策的一部分。這個政策，先後歷經多次政權轉移，本質上不曾改變。所謂中美之間關係基礎的三個公報，在邏輯上和法理上完全排除了「台灣地位未定論」。因此，台灣向來視爲保護傘的《台灣關係法》，也不過是執行「一個中國」政策的輔助手段罷了。這種手段，從布希這次的表現上可以看出，當美國考慮自己的實際利益而讓天平偏向一邊時，是隨時可以讓步、修改或全部放棄的。它只需要說一句話——台灣無故挑釁！

那麼，台灣還有沒有追求「民族自決」的空間呢？

不能說完全沒有，至少，當作一種選舉策略，只要有人願意蒙住眼睛，拒絕看到「自決」的欺騙性，自然就會有政客，想方設法利用它的政治效應。

負責的選民，不能不看到台灣在地球上的特殊地緣政治地位，不能不正視世界尤其是東亞地區的政治、經濟力量的結構變化。長期而言，一味堅持「民族自決」，只能將台灣二千三百萬人的生命財產與生活方式，孤注一擲，推向不可逆測的黑暗深淵。

「去脈」決定於「來龍」。

在這個歷史轉折點上，台灣選民手上也許正握著決定自己未來命運的一張選票。台灣的民主，雖然仍處於摸索成長階段，面臨如此嚴峻的局面，不得不加快步伐，走向成熟。二〇〇四年三月二十日，就是台灣選民智慧的終極考驗。

但願只是選災

「我們的人，都上去了！」

她說，眼睛閃著光，我從未見過的那種光。

「上去吧！」我心裡想：「到你們升官發財的時候了。」

那天晚上，直到終局，我沒有再發任何議論。這之前，倒是說了不少。也許說太多了，有些地方，可能過了頭。然而，我以為，老朋友多年不見，怎麼能吞吞吐吐呢？那天談的，主要是阿扁的新政權，尤其是他的新經濟部長，上台不久的宗才怡。對了，那時候，距所謂的「小白兔誤闖政治叢林」事件，還有兩、三個月吧。

也許因為彼此過去都是反蔣反國民黨的關係，老友從飯局一開始便向我提問題，似乎很想知道海外知識圈對台灣新人新政有什麼看法。

我其實對台灣文化界一些人從反蔣一步跳進擁獨，是稍稍有點戒心的。

有一次，台灣一家報紙的主編，安排了一場隔洋電話訪問。被邀主持訪問的是一位回國投入本土主義革命的女作家。訪問的主題是「保釣」。

我沒有拒絕訪問的理由，便隔洋對談了起來。

突然跳出來這麼一個問題：

「以目前台灣的種種新發展來看，你會不會覺得以前所做的種種都是白費了的呢？」

我一楞，覺得話裡有話。

「台灣的新發展」是什麼？

「以前種種」是什麼？

爲什麼「以前種種」碰到了「新發展」就立刻變成「白費」了呢？不記得當時是如何支吾過去的，但從此對積極投入本土主義的革命人物，開始有了戒心。直到不久前，女作家冊封爲「駐外使節」，這才恍然大悟。

更不能忘記的是，有一天午後，接到一位回國參加革命的朋友來電。隔洋電話傳聲雖不眞切，仍可以清楚聞見那一頭的酒味。呵！台灣不正是深夜凌晨時分嗎？

「回來吧！」對方說：「想不到奪權眞容易呢！」

「你忘了，我是外省人？」

我趕快提醒他。

「我們正是需要外省人，你沒聽說，現在有『外獨派』，眞的求才若渴呢……」

當然，還有不少人是從擁蔣一步跳進擁獨的。不過，這樣的人，反而比較容易提防。

那天飯局上的老友，和他一向志同道合的另一半，都是我不可能有任何提防之心的多年深交，而且，他們夫婦在台北文化界努力從事的工作，也正是我支持不遺餘力的文化事業。

所以，我就針對他提的問題，坦蕩蕩地說了以下幾大條：

第一，政治酬庸是民主政制的常態，雖不一定可取，但可容忍；

第二，政治酬庸雖屬無可避免之惡，但運用酬庸的政治人物，必須有政治智慧，妥善掌握分寸；

第三，經濟是台灣的命脈所繫，台灣雖小，經濟事務錯綜複雜，影響深遠，經濟部長這個位子，實屬內閣重鎭，絕對不能作爲酬庸對象；

第四，宗才怡的實務經驗，基本只有兩項——美國某州某郡的財務官和主持華航一年，前者相當於新店市財務主任，後者的業績主要來自保險，無論從威望、資歷、才幹哪方面看，皆不符資格，因此，我認爲，這一任命，純屬酬庸性質；

第五，阿扁如果不了解宗才怡的識見才具與經濟部長應有資格之間的巨大落差，就是無知人之明。如果了解還這麼做，則是玩忽職守，拿台灣的命脈開玩笑。

因此，我預測：這項任命，遲早一定出事！

老友的反應還算穩重，他沒有批評我的「快人快語」，只是沉吟不語。反應強烈的是他的另一半。

台灣的新女性，基本上有三類。

第一類是外露型。最具代表性的當然首推副總統呂秀蓮，但在傳統中國的文化氛圍中，敢打敢拚的新女性雖有侵略性，其實威脅不大，因爲她們總是落入傳統男性沙文主義預留的陷阱，終於被塑造成小丑而不自知；

第二類是內修型。最有名的大概是某佛學高手，能夠不動聲色地超渡沾有血腥氣的某將門之後，能夠將頗有政治潛力也不乏政治野心的某世家公子轉化爲於社會無害也無益的中性佛門弟子，功力不可謂不大，但她們的活動範圍有限，至今無法成就爲一種社會力量；

第三類是內外兼修型。這類新女性是眞正的厲害角色，她們是裡外通吃的。

老友的另一半就是這一型的。

只恨我當時疏於調查研究。

一直以爲老友夫婦的本業仍然是胼手胝足堅守文化崗位，後來從別的朋友那裡了解到，原來這幾年革命大業風起雲湧，老友夫婦早已從單純辦思想雜誌的工作逐步投入政治運動，而今已是代表某一方面有立場並有一整套想法的知名政論家。

老友的另一半是始終跟他站在一條戰線上的，加上我直言犯忌批評的宗才怡又是被當時的新女性圈子視爲樣板英雄的人物，她怎麼可能忍下這一口氣？

如今想像，她當時的邏輯大致是這樣的：

第一，你（她心中的我）長年居住國外，從無長期深入投進台灣改革的決心，現在一回來便指手畫腳，這種蜻蜓點水似的參與，算什麼呢！

第二，宗才怡在男性壟斷的社會裡好不容易排除萬難，出人頭地。她的脫穎而出必然一開始便會遭到傳統男性沙文主義體制以各種名義、理由和藉口進行抵制和打擊，你的批評，不過是這一類言論的同流合污罷了。

第三，陳水扁和民進黨歷經嚴酷考驗，僥倖因國民黨內部分裂而取得政權，對於這種新興的改革力量，怎麼還能批評、譴責、落井下石？你到底站在哪一邊？保守腐敗還是改革創新？

雖然事過境遷這麼久了，我相信以上模擬的這位新女性的內心獨白，應與眞情實景相去不遠。

所以，她最後在激動情緒下迸出的這句話「我們的人都上去了」，確實也是肺腑之言。我當時的反感，也確實到了壓不住生理反應的地步。

事情過去了，時間淘汰了一些不必要的渣滓，現在冷靜想想，兩方面的反應都不過是泛政治化的莫須有情緒。「我們的人都上去了」只是當眾宣示：

「我們一定會把革命進行到底！」

可能跟升官發財毫無關係。

同理，我對宗才怡和陳水扁的批評，也毫無打擊新政權的惡意。後來的事實發展證明了我的判斷。

泛政治化的情緒反應是民主政治實踐過程中的一大陷阱，不但一般選民容易跳入，知識分子也不易免，更何況，操作選戰的政客對此不但不予提防，事實上更積極加以利用，尤其是成熟程度不足的選民，更成了政客大事刺激民粹情緒以搶奪選票的溫床。

選舉一到，怪現象就層出不窮。

但願只是一場選災。

統獨與整合

台灣前途的根本問題，絕非獨立或統一這兩個矛盾選項的二取其一，台灣前途的終極選擇只有一個——整合，包括內部與外部兩方面的整合。內部整合的重點是族群和諧，外部則在兩岸價值觀念與生活方式的趨同。

這個論斷，顯然與當前藍綠兩大陣營的選舉策略和流行語言完全不同。兩大陣營的邏輯思維基本停留在「政權」這個層面，在所有議題中，「政權」的分量，占據了優先順序的最高位。兩方的立場，看似對立，實質上沒有多大差異，都是通過「政權」的搶奪與鞏固，再設法應付其他（在他們看來）次要的問題。

「統獨思維」控制台灣人心幾十年，尤其是近十幾年來，路子越走越窄。於今，在「台灣生存」的內部生機與外部關係上，都出現了危機日益嚴重的尷尬局面。陳水扁在這套思維影響下，打壓了「台灣生存」的機會，連戰在這套思維控制下，也提不出任何新希望。眞正關心台灣前途的人，不能寄望於這一套傳統思維爲台灣的當前困局和未來發展開拓局面。

我們要尋找新思維。

「整合」原是個外來語，記得是殷海光先生首先將英語integration譯爲「整合」(也有人譯爲「統合」，但我以爲前者較好，因含有「過程」的意義)。

「整合思維」不同於「統獨思維」，尤其是適用於「台灣生存」這個重大問題上，可能演繹出完全不同的前景。

前者的思維方式是由下而上的，後者則由上而下。

「整合思維」可以把「政權」問題看作是基層文化、社會、經濟等行爲的一個自然演變結果；「統獨思維」則以「政權」性質爲前提，一切文化、社會、經濟行爲皆被看成是「政權」問題解決之後的附屬產品。

這兩種思維方式的差異，決定了思維者的行動方向、優先順序，也必然導引出截然不同的行動結果。

「統獨思維」基於其思維本質與邏輯，必然將「台灣生存」這個課題立即而全面地置於各種國際與國內政治利益的權衡衝突上。堅持這種思維，對內必然人爲製造族群之間的矛盾；對外強硬抗爭則暴露台灣孤立、弱勢的缺點，妥協保守也不免有任人擺布之虞。

以台灣目前的種種條件而言，「整合思維」是唯一的出路。思想界如能從這裡出發，引導社會就各類相關議題進行廣泛、深入的討論，逐漸造成輿論，形成共識，並進一步開發設計各種可行的方案，在文化、社會和經濟領域裡開創新機運，經過相當時間的實踐，逐漸消滅兩岸之間由於五十至一百年期間不同歷史經驗帶來的隔閡與差距，目前看來不可能共存的一些癥結問題，必有消融於無形的一天。屆時，或統或獨，都不再是二取其一的選項，兩岸之間的對立，既失去其內容上的差異，就剩下形式上的差別。

形式上的差別完全可以用長年和平的手段處理。就像美國與波多黎各，隔幾年公投一次，合則合、分就分，完全沒有動干戈的必要。波多黎各人至今仍擁有自己的旗號，進出美國也無需簽證，生意往來沒有關稅，發生了自然災害或經濟危機，聯邦政府還有立即撥款的義務。台灣的條件遠優於波多黎各，整合成功後，地位必將遠在波多黎各之上。

這麼些年來，爲台灣前途苦心焦慮的眾人之中，絕大多數都自覺或不自覺地陷入「統獨思維」的陷阱。到了今天，更由於大選前兩大陣營各自從這一思維模式出發，把「台灣生存」這一關係到兩千三百萬人安危與東亞局勢平衡的形勢，推到了險象萬狀的邊緣，更讓我們看到了這一傳統思維接近破產的窘狀。

然而，臨危思變，再細想，這些年來海峽兩岸確實有過不少人和事，所思所爲突破了「統獨思維」的局限。不妨在此列舉幾條，作爲舉一反三的例證。

首先應該指出的是，從大陸推行改革開放政策以來，特別是一九八九年「六四」事件之後，大批台灣資金和企業跨海西進在兩岸實質「整合」上造成的重大發展。

在此不能不指出，「台商西進」這個歷史性事件的發生，固然在海峽兩邊都有不得不行的實際理由。但就設計這種政策的北京官方和利用這種政策的台灣民間而言，如果不能在自己的腦袋裡先打破「統獨思維」的老框架，這個政策不可能產生，即使勉強制定出來，也不可能有影響如此深遠的實效。

當然，論者或以爲：北京的政策設計者，不過是「以商逼政」；台灣的西進者，不過是「商人無祖國」嘛！

這終究仍是出於「統獨思維」的一種批評。

從「整合思維」出發，兩岸之間近二十年來的發展，如果目標是爲了縮短兩岸差距，消除歷史形成的隔閡，促進文化、思想各方面的交流與合作，這個政策的影響，對於鄧小平的「摸著石頭過河」的現代化策略，和解決台灣經濟發展瓶頸而言，都應該是最關鍵的一著棋。

不說別的，只要設想一下，如果沒有這項政策，或台商完全不利用這項政策，大陸今天的經濟發展會是個什麼局面？台灣沒有西進台商創造的幾百億美元的出超，台灣今天的經濟情況，又將慘到什麼地步？

台商在大陸二十年來帶去的經營管理方式，對大陸社會人心以至於思想行爲、生活方式的有形和無形的影響，更是無法估計。除了台商，我們還可以想到許多默默耕耘的個人和團體。

前不久英年早逝的溫世仁，是媒體報導過的一個實例。如果溫世仁生前陷入了「統獨思維」的混亂羅網，他就不可能成爲今天大家了解的溫世仁。溫世仁的理想與實踐，必然是「整合思維」的結果。

我認識的不少「保釣運動」的老戰友，目前都是做類似溫世仁做的工作。

哈佛物理系畢業的廖約克，保釣後回香港創業（電子）。跟他一起合作的還有好幾位老保釣，事業非常成功，現在，他們投入了一項「黃河工程」。

柏克萊保釣會當年被《中央日報》點名爲董×霖的董敘霖（台大數學系），目前協助他的妻子楊貴平（洛杉磯保釣會），在中國最窮苦的貴州山區，推動一個「滋根方案」。十五年前，他們從每人捐款兩百五十美元開始，以「滋潤根本，消除貧困」爲口號，建立「滋根基金會」，現在已經發展成一個擁有幾百個志願人員的非營利組織。

二〇〇二年，「滋根」資助了十一個省一百三十個村的兩千二百六十名小學生和五百二十名中學生。提供了四萬個獎學金，資助了六千多農民的掃盲和農業培訓，翻修學校、建立圖書館、村衛生所和婦女保健中心，還有改善農村用水、節能等綠色項目。

這一類例子不勝枚舉，但最主要的一條是，這些個人和團體，眼睛裡都不看「政權」，都從社會底層的文化、教育和基本生活需求著手。他們並不是不知道「政權」的重要，但是，如果從「整合思維」出發，便會明白，「統獨思維」的最大矛盾是，它既推不出統，也推不出獨，更推不出繁榮與和平。

「統獨思維」刺激的是野心與仇恨。而仇恨與野心，歷史明鑑，只能帶來毀滅！

三月難捱

乍暖還寒的三月，日子最難將息。

月初，彷彿跟我們開玩笑，忽然天氣預報說，有一個禮拜的大好晴日，氣溫預計將達華氏六十度。華氏六十度，在我居住的地帶，在這個節氣，等於四個字——春暖花開！這是連續三、四個月苦寒之後的天大喜訊。終於捱到了盡頭了，我把笨重的冬裝整理出來，一古腦兒，送進了乾洗店。

老妻也按捺不住了，成日催促：該給郡辦公所打電話了，讓他們送一車循環回收的有機肥來。而且叮嚀，這一次，一定要求含氮量高的腐葉土，別像去年，電話打得太晚，好的腐殖土都送完了，只分到一批碎木屑，半生半熟，撒在花床裡，不但引來病蟲害，還三天兩頭長毒蕈。

每年開春，我們老倆口辛苦經營的這個「無果園」，至少消耗一、二噸腐殖土。幸好郡政府的環保部門有個便民政策，一車土只收費二十五美元。

迎春的喜悅，一時沖昏了頭腦，我趕忙到門可羅雀的苗圃去買了十包花種，連同去秋收穫的蔦蘿種子，迫不及待，全部播種在塑料籃框內，沿著屋子裡所有向陽的窗檯，擺成一道道引頸待春的長蛇陣。

不到一個禮拜，全發芽了。這時，料不到紛紛揚揚，又下了一場大雪。

按常識，室內播種應在最後一次霜降前約四個星期行之。發芽生長一個月左右，即應移植室外露地。如遷延過久，植株必因生長條件不足，成爲纖細病弱的苗秧，即日後移居室外，成活率也不高了。

如今，面對窗檯前的一片新綠，望著窗外一片的茫茫積雪。新春的喜悅，竟似愚人揠苗助長的反諷。

三月難捱，還有第二度的印證。

從去年入冬開始，我這海外孤魂望春風的心情，便轉嫁到了台灣的大選上面。

雖然不完全是吃台灣米喝台灣水長大的，好歹從小學到大學到當兵到社會活動也在台灣廝混了十六、七年歲月，眼看著始終牽腸掛肚的這塊地方，國際處境日益窘迫，國內現狀充滿矛盾，我的生活習慣不能不改變了。

去國多年，我早已養成從英文媒體吸收資訊的習慣。中文媒體方面，除了老朋友偶而從台灣剪寄一些文章，很久不接觸了。入冬以來，發現自己的生活裡，似乎產生了一種莫名其妙的焦慮與壓力，我開始把每天早晨的第一件事，規定成開車二十分鐘到鄰鎮某便利商店去買華文報紙。

一向從《紐約時報》或《時代》、《新聞周刊》、《經濟人》等平面媒體偶而報導台灣消息、評論和兩岸問題中得到的印象，很奇怪，一旦接觸了華文媒體之後，彷彿整個問題的性質與閱讀所得的圖像，突然變得完全不同。

首先，華文媒體給人的綜合資訊，完全顛覆了讀者心目中的世界結構。台灣不再是地處邊陲的蕞爾小島，它成了世界的中心，人類關注的焦點！

其次，忽然成爲世界中心的這個島嶼上，如今每天發生著的政經大事，不再是全球地緣政治中無足輕重的芝麻綠豆，搖身一變，成了生死攸關的緊張事件。

第三，焦點集中到了這個島嶼之後，你會發現，這些生死攸關的政經大事及其所涉及的無數枝節，幾乎都是相互矛盾永難解開的死結。

我於是像一路滾下山去的石頭一樣，根本回不了頭，也停不下來。

於是，從每晨必買華文報紙，我的如飢似渴的欲望猛烈擴張，迅速上升。

每一兩個星期，得開長途車，到曼哈頓南端或過白石大橋，到華人聚居成國中之國的美國化外之地華埠去，鑽進書報攤、雜貨鋪甚至包賠不賺的幾家書店去搜集華文雜誌。

然而，還是不夠。報紙總不免有它的立場和偏見，雜誌即使是周刊，也經常失去時效。

於是，在求知欲與愛鄉心的雙重壓迫下，我開始從平面走向立體探索。

紐約地區有一些販賣台港大陸有線電視節目的經銷商，新聞和有關新聞的一些扣應節目也在它們的貨單上。

可是，有兩個問題。

第一，要價不菲。大致估計了一下，請他們裝個小耳朵，除了安裝費形同敲竹槓之外，每個月的開銷，比美國一般有線電視網還要貴。

第二，花這筆額外的錢也未嘗不可，但必須同時把這些電視台除新聞外占九五%以上的全部垃圾和廣告內容全部收進自己的家。

求知欲再強愛鄉情再濃，也不可能做到！

這時，專業電腦的老妻趁機點醒這個老糊塗蟲。

「何不打開你的電腦？文字和影音，要什麼有什麼呀……。」

她幫我買了一些配件，下載了一些必要的軟體。

從年初開始，我的生活習慣，從質變到量變又從量變到質變，不停飛躍。電腦網路給我提供了二十四小時無限供應的全面資訊大爆炸。我的眼光、頭腦和靈魂，我的求知欲、好奇心和愛鄉情，百分之百不留餘地，全部乾淨徹底地面對著一個威力無邊的大黑洞，毫無一絲抵抗能力，整個被吸了進去。

我跟蹤五花八門各黨各派全部號稱有統計誤差但絕對客觀中立可靠的民調。我試圖解讀綠營藍軍紫盟紅朝各方學者專家的觀察、評論、分析、座談和專訪。傳統的星象預言和超前趨勢大師的忠告，只要出現了，便一字不漏吞下。即時報導和滾動新聞成了我的基本食糧，我甚至無法放過海外連宋助選團和愛台挺扁同鄉會的任何一舉一動。北京黨政首長大員的言行自然舉足輕重，白宮草坪、唐寧街十號、香榭麗舍大道和東京首相府裡傳來的消息，只要涉及兩岸關係、台灣大選和全民公投，必須仔細咀嚼。我的意識逐漸發展成患上了嚴重相思症的跟蹤狂，追蹤的線索日益繁複瑣細，但都不敢不傾聽：阿扁台南拜地下賭場組頭、秀蓮姊上菜市場掃地拜票、連兒宣布十世居台絕不賣國、楚瑜弟流淚下跪、第一夫人玩股票、十大通緝犯海外傳書……。

難捱的三月，窗外仍有雨雪紛飛，但從一號開始到今天（十七日），我整個人從裡到外，給塗上一層膠水，牢牢黏在電腦螢屏上。

兩黨候選人的兩場辯論和政見發表會，黨政菁英和男女名嘴的五場十人正反兩方公投辯論，每一場都讓我這個跟蹤狂跟到睡眠失常，心力交瘁。

一直到了「二二八」和「三一三」兩場熱鬧滾滾的全島瘋狂秀，我才突然驚覺。天啦！除了沒有動刀動槍，豈不是靈魂深處鬧革命的紅色大風暴改成藍綠兩色在台灣捲土重來。

兩次大秀動員五、六百萬人，約爲全台人口四分之一。以當年文革的大陸人口計，相當於三億人走上了街頭。選舉大拜拜搞到這樣大的規模，連我這個遠隔重洋萬里並一向自詡爲知識分子的人，都身不由己地一頭栽了進去，住在台灣因此身家性命息息相關的兩千三百萬人，如今的心理狀態到達什麼地步，簡直不忍想像。

雪終於停了。

我關上電腦，發誓至少一個月不再上網。明天，報紙也不買了。

氣象台宣布，立春日還不到一個禮拜，我望著窗檯上的一片新苗，想像開始馳騁。也許，最多一個月，就可以捲起袖子，揮動鋤頭，在鬆軟的春泥裡，爲開拓自己的花床流汗了。

管他阿扁阿連，請你們滾蛋吧！

防止人心大崩盤！

這次大選，除了地下賭場的組頭，幾乎沒有贏家。一次選舉能夠製造如此大的災難，產生這樣大的損失，眞是史上少有，世所罕見。

國際關係倒退，經濟蒙上陰影，公共體制公信力破產，族群撕裂，兩岸前景黯淡……。台灣作爲一個國家，本已缺乏共識，如今，至少在意識形態上，已經變成彼此對立、互不妥協的兩個國家。

經過這次選舉，台灣這條難船，是否已將目標指向北愛爾蘭和塞浦路斯，從此走上不歸路？

泛綠陣營，總算在李登輝、陳水扁的精神引導和實戰操作下，達成了他們夢寐以求的勝選目標，然而，這樣一個破碎的攤子，怎麼收拾？扶清滅洋的義和團，即便有一時壯膽的功效，勉強支撐了慈禧太后那面龍旗，又能支撐多久？

華盛頓據稱已在重新思考台海政策。形式上的民主與人權，一旦與實際戰略利益發生衝突時，美國人是不會手軟的。何況，他們已經認定，民主與人權的包裝下，還有實質性的民族自決因子。

不忍想像，一旦美國拆除了保護傘，台灣怎麼走下去？

二〇〇六年制憲與二〇〇八年建國，這套方案，如果不是選舉語言，而是要真幹，我是絕對佩服的。不過，如果沒有美國人撐腰、沒有日本人加油，這套方案，誰都可以判斷，癡人說夢而已。當然，理論上不能完全排除它的可行性，但要我眞的相信，李登輝與陳水扁必須親自披掛上陣，模仿以色列，至少搞出來半個國家的全民皆兵！

然而，不妨看看阿扁肥嘟嘟的肚子和李登輝的滿面油光，看看他們頤指氣使，一呼百諾的生活方式，像個革命家、建國者嗎？

這次選舉，決定了台灣今後，至少四年之內，將繼續沉淪、繼續邊緣化的命運。民主可以操作，選舉可以自毀。台灣的選民至少一半以上，沒有愼重考慮或根本看不見七、八十年前德國選民的歷史教訓。

到今天，可以確定，台灣選民根本不知道，選舉不是選賢與能，只是一種預防腐化，阻止濫權的自衛機制。

兩粒莫名其妙的子彈便能改變幾十萬人的投票行爲，這樣的選民，只能供野心家利用、玩弄。

綠營雖然勝選，長遠來看，卻是輸家。國際處境孤立，對岸鷹派勢力抬頭，國內嚴重分裂，這不是光喊幾句理性、冷靜就能解決的問題，用盡手段贏了選舉的綠營，如今面對的是一個無法統治的國家。尤其嚴重的是，由於選戰規畫的策略一味迴避實際施政，肆意將各項議題的設計圍繞著撕裂族群、兩岸對立的建國主軸，扁呂團隊，即使安然度過這次憲政危機，今後的執政實已陷入台聯與台獨基本教義派的威脅挾持之下。李遠哲先生提出的所謂「年紀較輕，可塑性較大」的善意評估，有可能實現嗎？

雖然得票率從二〇〇〇年的三九％增加到五〇％，新政權的執政能力恐將比過去四年更爲倒退。

藍營當然是這次大選的大輸家，輸掉的又何止是個政權。無論在思想上或理想上，本來就沒有足夠的凝聚力，藍營成軍，主要依賴負面因素，是各種利益集團藉共同的反對目標形成暫時的聯盟。選舉失敗之後，如果在這次的「驗票」抗爭過程中自己不能脫胎換骨，這一股臨時集合的反對力量很有可能從此各奔前程。藍營目前面臨泡沫化的空前危機。我感覺，台灣大選後產生的憲政難關，對藍軍而言，本質上不是如何反敗爲勝的選戰餘緒，而是切實形成一個有眞正生命力的政黨的最後契機。這是今後最值得觀察的政治發展。

藍軍原本是個沒有能力創造政治熱情與理想的組合，如今幾乎可以斷定，選舉翻盤雖不可能，卻有機會藉敗戰激起的群眾熱情，爲自己補充血脈，新思想、新作風、新組織與新戰略等待著有心人的挖掘、創造與開拓。世代交替與新的魅力領袖的出現，是我們的觀察指標。

最詭異的是，這次大選，中共以胡溫爲代表的溫和務實路線，也成了輸家。

中共高層涉台部門爲台灣大選可能出現的局面準備了兩套反應模式。台南槍響，選情變局，兩套模式都無法適用，暴露了溫和務實路線的窘狀，啓動了中共黨政軍組織內部鷹派抬頭的態勢。這個趨向，目前剛剛出現，今後如何發展，也是今後值得密切關注的焦點。

台灣大選的最大輸家，是由原住民、客家和外省人共同組成的少數族群。

原住民由於人數最少，手上擁有的政治、經濟和社會資源最薄弱，他們應有的社會正義，只能靠台灣先進知識菁英試圖創造的文化良心的覺醒和政權更迭帶來的酬庸，才有逐步改善實現的可能。

原住民的聲音，在這次選戰中完全被淹沒（我聽到的唯一微弱的呼聲，還是高金素梅趁公投辯論巧妙釋放的訊息），選戰結束後，還有誰管台灣眞正主人的死活？

客家族群由於擁有較多資源，又善於利用選舉各派之間的矛盾，分散選票各個擊破（不像外省族群的絕大多數，捆一起，成了當然籌碼），反能有效保障自己的權益，但在選戰主軸被綠營執意操弄成族群對抗和反中的大形勢下，這次選舉的結果，依然無法擺脫長期受壓抑的命運。

外省族群的悲歌，已經成爲台灣現實中最無法理解的反諷。

這個族群，歷史地注定了必須爲台獨基本教義派熱烈宣傳的所謂「外來政權」揹黑鍋。客觀分析歷史，台灣今日之所以能夠在國際上勉強被人視爲一個國家，在島內有效建立一套「國家」體制，卻又完全是所謂的「外來政權」的貢獻（日據時代台灣只是殖民地，不是國家。）

今天留在台灣的大多數外省人，尤其是軍公教的從業者及其後代，血汗一生所換得的，不要說無法與土地價值暴增的新暴發戶相比，即在他們的傳統職場內，也日益成爲二等公民。台灣的外省族群，社會處境隨泛政治化的選舉文化而陷於被動，他們協助創造並終生捍衛的那個「國家機器」，如今卻掉轉頭來，成爲打壓他們的工具。外省族群，一部分如猶太人的**Diaspora**，花果飄零，流亡海外，大部分的命運則如同中共建政後的地富反壞右，每有政治運動，便成爲「黑五類」一般的打擊對象。

選舉文化的惡質化，是有識之士積極呼籲建立「命運共同體」的最大威脅。這次大選，讓這一威脅發揮到極致。

眞正的危機，不是「憲政危機」，是全台灣人心的大崩盤。

如果任由失控局面造成的人心大崩盤具體實現，流血動亂引致解放軍攻台，不是不能想像，如此則兩岸多年奮鬥創造的「中國人世紀」，也將玉石俱焚，無人可以倖免。

當前局勢嚴峻考驗綠藍兩大陣營的政治智慧。如何通過政治抉擇化解暴戾，如何採取法律手段扭轉趨勢並防範未然，台灣的知識界有無可迴避的責任。

這不是驗驗票再修訂幾項條例便可以了事的。

選後餘思

大選結束後，給台灣的親戚和朋友打了不少電話，綜合所得印象，基調是沮喪和疑懼，但也有興奮。

有人表示，這個國家已經沒有希望了，與其坐以待斃，不如趁亂以前，脫離是非之地。也有人說，民主機制通過了憲政危機的嚴重考驗，經濟應可復甦，阿扁又從此沒有連任壓力，眞正改革的時代就要到來，建立法制，消滅黑金，台灣在二〇〇八年以前，有機會成爲眞正主權獨立的國家。

同樣一場選舉，反應南轅北轍，我打的這些電話，簡直像科學抽樣的意見調查，答卷統計之後，恰好反映了目前台灣選民政治態度的一分爲二。不過，應該說明，這個一分爲二，與省籍不完全相干。悲觀的，不全是外省人，樂觀的也不全是本省人。

這裡似乎透露了一些頗爲有趣的訊息。我以爲，這是台灣政治生態逐漸形成激進自由與保守中道兩種基本典型的開始。

這不是很健康的一種發展嗎？

兩黨政治的正軌，應該循著政治態度的光譜表，在其中段集結成對立的力量，繼續按照雙方協議的遊戲規則走下去，相互競爭，相互制衡。這是成熟民主政治的常態，是不是意謂著，台灣通過兩次大選，現已建立兩頭小中間大而以中產階級爲其穩定因素的社會結構？

不是挺光明的嗎？

然而，如何解釋幾近選民一半人口的沮喪與疑懼？

光明面底下，顯然隱藏著重重黑影。

首先，台灣始終是個危機社會，危機持續了半個世紀以上，其中涉及的核心問題如國際定位與國家安全，仍然看不出有任何化解的機會。

其次，大選過程中的黨派操作，引入太多與施政無關的議題，「槍擊事件」與「國安機制」對投票的影響，確實疑雲重重。公投綁樁更涉及選舉本身的適法性問題。到目前爲止，敗選一方仍停留在抗爭階段，勝選一方也無法取得當選執政的正當性。

台灣不僅是個危機社會，還是一個分裂的國家。

曾經熱情參與天安門民主運動的大陸詩人貝嶺這次特地到台灣去實地體驗眞正由中國人自己組織並實踐的民主進程，從「二二八」到「三一三」到「三二七」，他全程跟隨觀察，並到相關的周邊社區去調查、比較、印證，得到了如下結論：「(海峽兩岸)群眾運動特質有著驚人的相似。」他認爲，群眾在運動中的激情程度與行爲方式，黨政領導階層的內部鬥爭和他們對群眾的操弄，雖因兩岸政治體制不同而稍異，但本質上都無法避免「失去理性並最終必然走向暴力」的命運。

貝嶺的懷疑是有道理的，因爲他見證了「槍擊案」，基於詩人對人性的敏感，他相信：「有第一槍就會有第二、第三槍，潘朵拉的盒子已被打開！」

這種預感的確讓人毛骨悚然。目前雖然沒有發生「血洗天安門」式的悲劇，但誰也無法否認，由於選舉惡質化的影響，台灣社會充滿了猜疑。國家名義雖在，公民已分成兩個對立集團。當前的台灣，如果處理不當，今後處境是否如南北戰爭前的美國，戰後擾攘至今的塞浦路斯和解體後的南斯拉夫?令人不敢想像。

選戰內傷一時難以診斷，撕裂的傷口要到感染、疼痛、發燒等症狀外現後，才可能判斷其嚴重程度。目前是半休克狀態，暫時的麻木。

不論驗票後誰在朝誰在野，雙方的政治智慧與度量立刻面臨考驗。

首先，這次選舉過程暴露了台灣有關選舉事宜的法規破綻百出，勢須立即進行修訂，否則的話，十一月又將出現風暴。

其次，選舉採取撕裂族群、挑釁北京、東京、華盛頓、歐盟以至於全世界的做法，雖然有利於爭取選票，卻有可能造成台灣國際孤立和內部失和的長期災難，如何加以規範，更是當務之急。

最起碼，「族群平等法」不能再拖下去。眾所周知，在美國，政治人物的言論若有任何種族歧視的嫌疑，其政治生命可以立即結束。

也許距離較遠，雖然看到了不少污點，我對這次大選的觀察，不像貝嶺那麼悲觀。我曾經憂心忡忡，也爲文表達過，但「三二七」沒有發展成動亂，增加了我的信心。

從遠在天外的紐約觀察，即便每天發生的大大小小事件瞬間反覆、複雜萬端，似乎還是可以找出一條發展主線——全體選民，或許隱藏在他們外在行爲的底層，幾乎不分藍綠立場，都利用了這次選舉，分別探索著測試著一條底線：我們的生存空間，究竟在哪裡？

這個關鍵問題，執著貫穿於選舉全程中大大小小的各項活動，曲曲折折地透露了一個重要信息，強烈表達了一個共同的願望——我們要活下去，有尊嚴地活下去。向台灣的政客、大陸的頭頭和全世界，他們吶喊：請幫助我們，創造一個合理的空間！

這才是台灣眞正的主體性，既不是阿扁和他的綠營隱性主張的「獨立建國」，也不是連宋和藍營視爲中道的「現狀維持」。選民在自己極爲有限的選擇中，強烈表達了自己的願景——超越統獨思維框架的「生存空間」，這個「空間」，必須合理，必須有前景，必須有尊嚴。

左派有句口號：「人民，只有人民，才是推動歷史前進的眞正力量。」這句老話，如果剝除其意識形態的外衣，確實可以適用於台灣。

在台灣歷史上，人民心底的願望，以如此規模如此統一的方式呈現出來，是沒有前例的。

人民在長達半世紀以上的危機壓抑之後，終於提出了要求，而這個要求，是此前掌握了全部政治資源的組織與人物從來未能滿足的。人民的聲音在說：把眞正的牛肉端出來，「建國」不過是畫餅充飢，「維持現狀」不過是自欺欺人。

大選的全過程，選前選後的種種爭議，以至於台灣今後何去何從的各項問題，如果要正確解讀，必須提高到這一層次。

人民的願望是判斷一切的標準，迷失這一標準，不可能鑑別是非。

這次大選，讓這個要求合理生存空間的主體性意識，從內部深層混沌不安的群眾心理狀態中，解放了出來，形成爲一種集體意志。

內部的分化對立和外部的孤立無援，只能強化這一集體意志。我相信，今後，只要有任何機會，必然會更具體明確地展現。

矛盾的表相下，有一股力量生成，不可輕侮。

今後，不論是台北、北京還是華盛頓，不論是綠營執政或藍營當權，不論是鷹派抬頭或鴿派指揮，都不能不正視這一股力量。

生存權是人權的根本。

只要人類有希望，台灣一定有路可走！

第五輯

文化反思

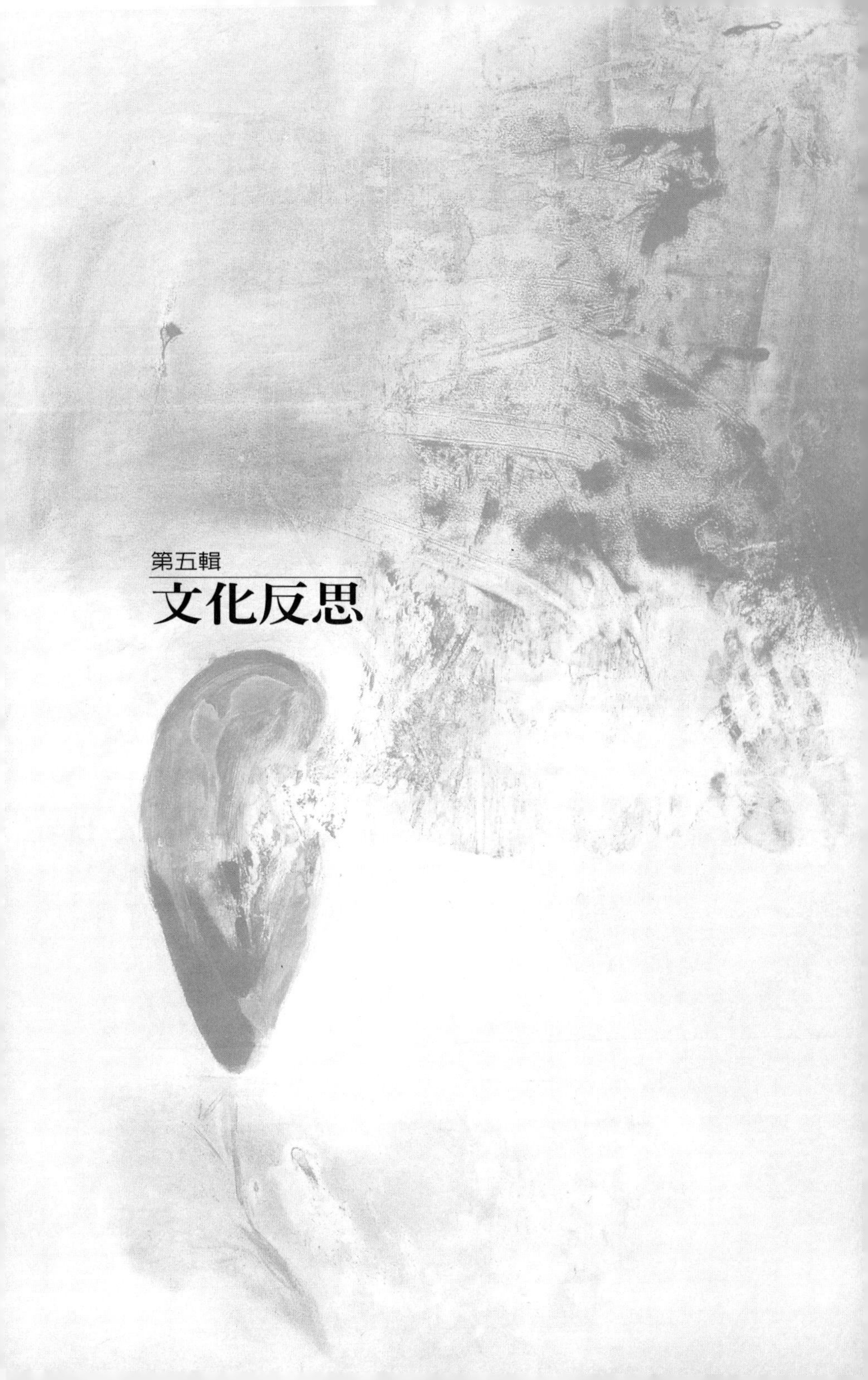

邂逅小津

大概是一九八六年吧，總之是《童年往事》入選紐約影展的那一次，我在紐約林肯中心見證了一次似乎與小津安二郎不無關係的小小事件。不，應該是小津與台灣電影的關係或沒有關係。

《童年往事》放映完畢，侯孝賢在掌聲雷動中上了講台，焦雄屏坐在旁邊擔任翻譯。觀眾席中有一位白髮蒼蒼的老紳士舉手提問（後來才知道，他就是《紐約時報》的資深影評人Vincent Canby，現已過世），問題的大意是：他覺得《童年往事》的鏡頭運用和剪接方式很像小津安二郎，想知道侯孝賢是否受過小津電影的影響。

觀眾中不少人認爲，侯孝賢的回答不夠坦誠。侯孝賢說他直到《童年往事》拍攝前，從來沒看過小津的電影。

我完全相信孝賢。

小津安二郎的電影，不要說台灣，即使在美國，也要到七十年代末八十年代初才開始較受注意。

我仔細翻閱了手邊現存的《劇場》雜誌，裡面介紹的電影新潮，當然以歐美爲主，日本電影也有專文專題，但集中在當時國際影壇矚目的黑澤明、稻垣浩與小林正樹。不要說小津一字未提，連溝口健二、成瀨巳喜男等也都付之闕如。

《劇場》同人中，看過小津電影的只有一個人，UCLA電影系碩士研究生陳耀圻，他不但看過，而且對小津的評價，高過黑澤明。我記得，編輯聚會中，耀圻不止提過一次，但沒有得到什麼反應；理由很簡單，不要說電影作品，連名字都沒聽說過。台灣那個年代仍然是日本電影的一個重要海外市場，小津的電影也許放映過，但我推想，大抵是混在時代劇與言情片中，他也許有他的基本觀眾，但他對當時台灣追求電影藝術的年輕一代人，沒有任何影響，因爲，他還沒有「被發現」。

第一次看到小津電影，已經是八十年代初。

聯合國總部所在地附近，日本外交界與民間合作，成立了一個以宣傳日本文化爲主旨的日本協會(Japan Society)，除了專題演講與藝術展覽，還經常有系統地介紹日本電影。日本協會附設一個小劇場，有一百多個座位，我是那裡的常客。那是我成爲小津迷的啓蒙階段，後來，《紐約客》雜誌開始推出小津電影系列（主要是他的晚期作品），我當然積極追蹤，盡量收集。小津電影開始在所謂的「藝術電影」院線上映，更在那以後了。

一直到今天，小津電影在美國，仍然紅不起來，始終是個冷門，彷彿只有極少數有特殊偏好的人能夠欣賞，而且，不論這細小的一群多麼熱衷，小津的地位（在美國）遠遜於黑澤，甚至連溝口也趕不上。

美國人無法愛小津，有兩個原因：第一，沒有故事，情節單調；第二，節奏太慢，鏡頭太機械化。

這兩種批評，很慚愧，恰好是我迷上小津的基本理由。

這當然跟我自己的變化，有不可分的因緣。

如果有人讀過我的小書《秋陽似酒》（洪範版，後收入皇冠版第二集《袖珍小說選》），在〈後記〉中，曾有一段類似自白的話：

寫完《杜鵑啼血》，當下產生了吐盡胸中塊壘似的一陣快感，但是，不久之後，重讀自己這幾年洋洋灑灑的「大文」，一股膩味，油然冒起在胸臆之間……。

於是自然有了削、刪、減、縮的要求。

這段話，還需要一些註解，涉及自己哲學觀點的反思與變化。

我相信，如果自己不曾經歷這種變化，則即使看了小津的作品，也一樣視若無睹。小津生前，尤其在二戰結束後那段時期，不是被左翼評論家貶斥爲「反動」、「無聊」、「庸俗」嗎？

左派的一個關鍵問題是：個人永遠從屬於集體，內在必然是外在的附庸。

如果世界上的所有悲劇，都能合理地歸因於社會制度，這個邏輯，便不致太牽強。

然而，人類的痛苦，似乎不能這麼乾淨利落地解釋清楚，尤其是看到這個邏輯所產生的社會，也一樣製造著甚至更可怕的悲劇與更悲慘的痛苦之後。

研究小津安二郎的美國學者Donald Richie認爲，小津的電影世界圍繞著家庭與家庭的解體。家庭的定義，有一定的延伸，學校與公司生活，等於「家」的擴大。「家」的解體就是家族成員的分離，因此，生活中的一些重要事件如結婚、退休、死亡，往往成爲小津故事千篇一律的主要流動線。小津電影中最重要的一句台詞——「這就是結束了嗎？」，表現的無非是人類的共同命運：最終還是一個人面對孤獨與死亡。

然而，必須注意，小津在處理這些看似戲劇化的主題時，絲毫不激動，既非悲劇也非喜劇，只是平常心，跟日常生活之流所遇到的一些零散事件，沒有本質的分別，幾乎可以說是其中必然有的組成部分。當事者的態度，既無悲劇也無抗爭，只略帶一些無可奈何的哀愁。

你可以說它或許是禪，然而，也沒有「悲欣交集」。

小津的「家」，不是「家庭制度」，只是普普通通因爲血緣、需要和職業自然然活在同一場所的個人；電影人物活動的場所，也就是這種「個人」習慣的場所：客廳、廚房、車站、辦公大樓、醫院、學校、咖啡室、餐廳、酒吧……。

沒有人反抗制度，沒有人爲命運掙扎，也沒有人與神之間的對壘與臣服。

小津自己說過：如果你不表現人性，你的工作就毫無價值。

小津的「人性」，不需要通過戰爭、災難來體現，它就埋藏在普普通通的個人日常生活中。

拍完他最後一部作品《秋刀魚の味》，小津說：「我一向對人說，我什麼都不做，只做豆腐，因爲我是個純賣豆腐的人。」

大家都知道，小津的攝影機經常擺在離地三呎的高度，很少使用搖鏡（pan）和推鏡（dolly），甚至認爲淡入淡出有欺騙之嫌。技術上的這種選擇當然是爲了配合他的藝術原則。他大概要讓他的觀眾做一個隱形人，坐在榻榻米上的某個角落，靜靜地看著屋簷下的喜怒哀樂。看到的，其實就是自己。

沒有故事沒有情節？

你看自己的一生時，會注意故事與情節嗎？

節奏緩慢鏡頭單調？

這不就是豆腐嗎！豆腐的好處在哪裡？懂得吃的人自然知道。

《東京物語》的結尾，母親心臟病發亡故，喪事辦完，小女兒與做了寡婦的媳婦（原節子飾）有這麼兩句對白：

小女兒：人生眞令人失望呢！

媳婦：是的，一點不錯。

兩句對白的調子其實是哀而不傷，彷彿虛心接受了事實，坦白面對著赤裸裸的自己。

我記得侯孝賢曾經說過，他喜歡拍的就是陽光下活動的人。

這個「人」，應該也就是普普通通的個人。

藝術上的殊途同歸是常見的現象，日本人爲什麼不選擇小津的入室弟子或其他日本導演拍攝小津誕生百年的紀念影片？我相信日本絕不會找不到承襲了小津衣缽並深諳其電影技巧的編導，然而，通過不同經驗摸索出自己獨立藝術道路的創作者，即便不來自同一文化傳統，是不是有可能作出更好的詮釋呢？這道理我覺得很容易說明白，心與心的相通，大抵與吃豆腐能否辨別好壞一樣，日本的決策者，顯然從侯孝賢「太陽下活動的人」裡面，看到了小津的豆腐原味。

這也就幫助我明白了自己爲什麼成爲小津迷。一九八〇年前後，正是從「赤道歸來」的時候。小津給我提供了一個「新的人間」，恰好是我在左翼信仰的「人間」裡左衝右闖而終於走投無路的時刻。

當然，這個「新的人間」，卻不一定怎麼光明燦爛，其實，歸根結柢，還是一個字，刻在小津的墓碑上。

無。

喜見賈樟柯

一個嶄新的電影創作潮流，正在中國大陸出現，一批三、四十歲的編導冒了出來，要求承認，讓人注目。

然而，除了賈樟柯的兩部電影《小武》和《站台》，其他作品，全沒看過。章明、王超、路學長、婁燁、王小帥、姜文和張元等，據說有這些人，但作品很難找到，海外尤其難。我唯一看到的賈樟柯作品，還是畫家楊識宏最近去上海拐彎抹角找到後帶回來的VCD，畫面和音響效果不佳，但我看完後，還是心頭亂跳，眼睛一亮。

中國加入WTO之後，確實爲大陸生機蓬勃的電影業捏把汗。還沒完全站穩，眼看好萊塢武裝到牙齒的千軍萬馬票房電影，就要橫掃一切，可憐的「民族工業」，還有生路嗎?賈樟柯們，說不定有他們的路。

聽說賈樟柯一九九八年曾寫過一篇文章〈業餘電影時代即將再次到來〉。文章我也無緣讀到，但從文章的這個題目，再對應他的電影（兩部電影幾乎百分之百用非職業演員），不能不讓人懷疑，會不會又是一次「前衛一窩風」呢？

台灣叫「前衛」大陸叫「先鋒」的這種藝術上的運動，美國也一代接一代地不斷有人投入，但絕大多數生生滅滅於主要是學院裡面和校園附近的實驗環境。賈樟柯和前面提到的那一批人，卻是中國電影史上所謂的第六代，他們可不能玩票，不能光求自己過癮的。

然而，中國入「世」之後，第六代人的處境，顯然與第四代的吳天明和第五代的張藝謀、陳凱歌完全不同。前兩代人開拓了題材、方法和市場，第六代人面對的是題材（例如尋根）與方法的瓶頸，市場方面又逢大軍壓境。最近幾年，張藝謀和陳凱歌好像都在「好萊塢化」。大陸電影市場雖大，中國電影工業能否以好萊塢的方式建立起來，問題重重。電影藝術能否開拓新局面，恐怕已經不是問題而是危機了。

如果我的感覺不錯，我想賈樟柯的所謂「業餘」，就是反潮流了。他反的，應該不是專業的精神，而是專業的「完美」包裝。

第一次聽到賈樟柯這個陌生的名字，記得是好幾年前，在老友張北海家。那天，他雖然也喝了兩杯，可清醒著呢！

「我們山西又出了個人物」，他說：「這個賈樟柯，每一個鏡頭，你們都得好好看，仔細看……」

他說的是《小武》。

當然，「武」聽起來像「虎」。誰都不知道到哪兒去找，他也說不清楚。他自己剛旅行回來，對東亞，尤其是他的老家山西，感情特別濃郁。因此我也沒怎麼在意。

後來看到過《小武》得什麼獎，《站台》又得什麼獎的報導。還是沒在意。

一直到二〇〇二年，法國《電影手冊》和日本《電影旬報》都將《站台》評爲世界十大佳片，才開始產生「設法找來看一看吧」這樣的想法。

因此，到我看《小武》，已是該片殺青六年之後，離《站台》拍完，也三年多了。我相信，賈樟柯這三個字，至少在台、港和海外關心大陸電影發展的觀眾心目中，絕對毫不陌生，尤其是電影事業那個圈子，恐怕早就談過了，還需要我這個「相見恨晚」的人插嘴嗎？

還是不能不談。

就因爲，賈樟柯那種看世界的眼光，說故事的方法，尤其是處理人的內在活動與外在現實之間的特殊手段，對我來說，很不平凡。而且，我深信我的感受已超越電影的範疇，直接觸及藝術思想的一些問題。

怎麼談呢？

不妨先從賈樟柯寫的〈導演手記〉裡找一段話來點題。這段話，說得平淡，仔細想，便可以感受到它的震撼性。

我們的文化中有這樣一種對『苦難』的崇拜，而且似乎是獲得話語權力的一種資本。因而有人便習慣性地要去占有『苦難』，將自己經歷過的自認爲風暴，而別人，下一代經歷過的又算什麼？至多只是一點坎坷。在他們的『苦難』與『經歷』面前，我們只有閉嘴。『苦難』成了一種霸權，並因此衍生出一種價值判斷。

表面看來，他似乎要說：「我們年輕的一代，也應該有發言權嘛！」仔細推敲，這段文字，可能是針對「五四」新文學運動產生以來八十年間破了又立、立了又破的那些基本美學原則，非得全部掏出來算個總帳不可。一句話，諸位老前輩，你們都搞錯了，請讓路吧！

是不是有點狂妄呢？

我一點這種感覺都沒有。因爲這是我第一次在中國大陸的文藝作品裡面，清清楚楚看見了作爲「個人」的中國人掙扎著要求誕生的確實訊息。上面引的那段話，不過是給他自己的作品下一個注腳。下面一段話，說得更明白：「在我們的文化中，總有人喜歡將自己的生活經歷『詩』化，爲自己創造那麼多傳奇。……這種自我詩化的目的就是自我神化……」

這是看賈樟柯電影並進入他的藝術世界的一把最重要的鑰匙。抓不住這把鑰匙，根本不可能知道他的電影在說什麼。

賈樟柯電影，經常有兩個主角，一個是人，一個是社會。人在不斷地流轉變化，社會也不斷流轉變化，時間永遠停不下來，一切都在過去、過去，記憶成了維持眞實的唯一手段。

如果我們仔細檢查自己的記憶，就會發現，記憶裡面的眞實世界，基本上沒有太多邏輯性，它絕不是一本歷史教科書，沒那麼多起承轉合。記憶裡呈現得最多也最鮮明的，總是一些片斷，一些姿勢，一些顏色，一些聲音……。完整的故事與嚴謹的結構，其實只是次元性的大腦產物。是後天加工的虛假不實的東西，帶有很大的欺騙性。

舉例說，《小武》裡面有一段，拍小武到他萍水相逢的卡拉ＯＫ女郎屋子裡去探病。場景與動作都很簡單，換了平庸的導演，那可有戲演了。賈樟柯只讓你聽窗外不斷流過的各種市聲。看完電影你忽然發覺，那些運實物（卡車、叫賣者等）也看不到的聲音，不正是那個時代也就是那兩個人那一刻生命中最精確的記憶嗎？

《站台》裡面也有說不完的例子。

片子開始時，文工團在舞台上以人和板凳組成的那個不能再簡單的火車奔向毛主席故鄉的舞蹈，到了片子後段，那批年輕人在荒原上流浪，突然向遠處駛過的火車狂呼狂奔。這兩個「火車」連帶喚起的複雜對比與錯亂情感——劇中人的，也是觀眾的——其張力的強度，幾乎達到無法忍受的地步。

能夠準確地喚回一個時代，一個特殊時代的特殊社會以及一個個人生命歷程中某一具體時刻的，不就是這些嗎？

賈樟柯的天才，就表現在他精準地掌握和重造這些細節的非凡能力上面。

自然，人們會問：這兩部電影，拍的都是八十年代初期山西的一個偏遠小鎮，也就是創作者的家鄉—汾陽。以後呢？如果離開了汾陽呢？不是有人說：一個小說家的一生，大抵只會說一個故事。只不過，壞小說家大概一次就說完了，好小說家則會一遍又一遍地說，一直說到完美。

賈樟柯是個一起步就有相當高度的以電影爲媒介的小說家，他才三十三歲。他的故事剛剛開始。

紐約看雲門

在初冬的氣溫裡，來回花四個小時去看一場舞蹈，對我來說，是不可思議的。居然這麼做了，而且，事後感覺，幸好這麼做了。

引起這個衝動的，首先是想知道：台灣這樣的文化環境，有可能創造第一流的藝術作品嗎？當然，我知道，電影方面，是有過先例的；小說和詩，也有一定的成績。但是，這些藝術形式，以「個人才具與傳統」的結合而言，局限性較小，困難不大。舞蹈可不一樣。

我們的民族傳統，歧視身體的觀念已經形成根深柢固的意識，少說也有兩千多年了。有人說，西方文化是「罪」的文化，這個「罪」，固然也讓人痛苦不堪，但身體不是「罪」的根源。西方人的身體，從來就屬於自由解放的狀態。而中國傳統，卻是「恥」的文化，接近生命來源的那塊骨頭，所以命名爲「恥骨」，多少透露了一點消息。中國人的舞蹈，包括少數民族在內，著眼點始終脫離不了線條、節奏和外在的造形。不論是群舞還是獨舞，身體本身都是盡量設法隱藏，最好不要看見。事實上，用來掩護身體的外物——衣服、裝飾和道具，反而成了主角。

京劇號稱「無聲不歌，無動不舞」，但京劇舞蹈動作，最沾沾自喜的，不是身體的某一種動作，而是「水袖」。

中國人看人體美，是只能連著衣服一道看的。近代接受了西方美學觀點以後，自己的天賦身體，更不敢拋頭露面了。在這種舊傳統加新傳統的雙重壓制下，我簡直無法想像，以Martha Graham現代舞技巧奠基的「雲門」，怎麼可能衝破重重矛盾的束縛。

但是，《紐約時報》十一月二十日發表了舞評家Anna Kisselgoff的評論文章〈太極與巴哈的融合〉（The Syncretism of Tai Chi and Bach）。

我的觀舞衝動，史無前例地雀躍著了。我說「史無前例」，實因爲，我跟我繼承的上百代先人一樣，對於人體舞蹈美的敏感性，接近白癡的程度。

然而，我這個白癡，卻幸好有個無意得之的「參照系」。對於人體爲了某種具體的、功能性的目的而創造的「運動」，如體育運動，我不但有些了解，而且有長年奮鬥的實踐經驗。人體在某種狀態中如何控制、移位、發力、平衡和收放自如，境界高時，顯然有可能創造出驚人的美感。我完全信服。

這是我在紐約看雲門演出《水月》的唯一修養。心理上，我是要倚賴這種「修養」來理解《水月》的，自然不免戰戰兢兢。

引起我下決心去看的另一個原因，就是前面提到的Anna Kisselgoff 的舞評，尤其是她提到的下面幾點：第一，她說：「《水月》不是關於meditation的詮釋，它就是meditation。」

Meditation這個字，一般譯爲「沉思冥想」。評者用在此處，還帶有東方宗教的意味，專指靜坐或其他修習方式產生的心靈狀態。

舞蹈，尤其是現代舞，怎麼可能製造這種效果?第二，她說：「林懷民把太極拳的動作延伸了，改造成一種有表現力的舞蹈語言。整個舞蹈演出，在身體的起伏升降中穿插少許武術身段外，全面呈現的是『能』的持續流動。」

這裡的「能」，譯的是energy這個字。

Energy這一用語，在當今西方文化界，具有多重繁複的含義。人體的精力是「能」，造成物理世界動態變化的動力也是「能」。評者在此的指涉，似乎更集中在「內在精神面與外在身體力量表達之間的關連。」

第三，她說：「《水月》所喚起的，是身體與靈魂的淨化旅程……」

這個觀感與評斷，我相信是西方文化觀察者虛懷若谷地接受東方劇場破時空傳統後的一種詮釋。

經驗了中國新舊傳統雙重煎熬的我們這一輩的人，可能會有不同的體會。

我看《水月》的那一晚上，體會就稍有不同。我直覺，《水月》的精華，彷彿是他我、內外、動靜之間的對抗、轉化與昇華。

這種感覺，也許與我自己的生活史有不可分的關係，不妨寫出來，可能與林懷民以及雲門舞者的原始創意毫不相干，就當是一名外行觀舞者被觸動的自白吧。

我感覺《水月》個別舞者在全過程裡的自體表達，和《水月》全體舞者在全過程裡形成的結構變化，活活體現了辯證唯物法的對立統一律。

記得演出後在後台見到了舞蹈理論專業的王藍藍和藝評家蔣勳。我沒有透露我當時的感覺，卻彷彿從他們的言行裡得到了某種印證。藍藍像個親切溫柔的大姐，細心撫慰著剛剛完成了艱苦內外鬥爭的舞者。她的作爲顯示，她完全了解，演出絕不只是多年勞動的一次重複，而是多年勞動的累積，在演出前徹底忘卻後，再從零點開始，到現場重新出發。蔣勳說：《水月》的結尾是一朵白色的蓮花。我覺得，他要說的，也就是這個。白蓮，不能只是外形，必須從舞者的精神狀態，傳達給觀者

所謂對立統一，按照唯物辯證法，即事物發展的正常規律。

任何事物的發展，必然是首先一分爲二，從統一的狀態分裂成兩種對立的力量。然而，

事物是永遠在發展的，不可能止水一攤，原地不動，對立的力量必然要相互作用，相互滲透，相互轉化，從而在更高的層次上，形成一個新的統一體。

這個更高層次的新的統一體，不用說，也不可能停頓不變，必然又要走向分裂，走向更高層次的對立分化。

如此往復循環，但恆向更完滿更高的層次發展下去。

這樣一種看來十分簡單的分析方式，至少對我來說，不僅有助於觀照《水月》的創意與實際演出。甚至，說得大膽點，還可以幫助我理解雲門三十年在台灣商業掛帥和政治污染的環境裡艱辛創業的意志與歷程。

還必須說明一點。

上述感覺，不僅僅是得自「鏡花水月」這一佛家意味的命名，也不僅僅得自舞台、色彩、燈光、道具（如水聲）和服裝的精心設計，主要還是來自舞蹈動作的創意和整體舞蹈結構的組合變化。

此外還有一點。

前面提到的所謂「新傳統」，即接受西方美學觀點後，對於致力推陳出新的當代中國藝術工作者而言，他們的對象——中國人，早已形成一種中國人的人體不符合美的標準的成見，打破這種成見，尤其是倚重人體美的舞蹈，挑戰何其嚴峻。

這種挑戰，在《薪傳》時期，似乎還有障礙。到了《水月》，完全突破了。《水月》之後，聽說還有《行草》，我至今仍無緣看到。但看了《水月》，我知道這一關已經過了，我認爲，是有劃時代的歷史意義的。

在紐約看雲門，尤其對我這個門外漢，必然引起許多不相干的感觸。我的用意因此不是評舞，連帶想到的，卻是我比較熟習的文字寫作。

雲門三十年的經驗裡，應該有不少我們可以借鑑之處。舉例說，林懷民既然能找到恰如其分的表現中國人人體美的方法。從事書寫的那麼多人，爲什麼到今天，似乎一拋開昆德拉、馬奎茲……，觀察與想像的能力，便立刻枯竭了呢？

胡風一〇一

題目的字面有個一〇一，讀者聯想到的肯定是台北新近矗立如陽具崇拜的那座「偉大」圖騰。這也難怪，二十一世紀的台灣人，有誰會想到胡風？有多少人知道胡風這個名字？又有幾個人會注意，今年（二〇〇三）十一月，原是胡風誕生的一百零一週年。

這個一〇一，對我們還有沒有意義？

想過來，想過去，還是情不自禁，似乎應該寫點什麼，紀念一下這位差不多完全被文藝界遺忘而曾經坎坷血淚一生卻始終沒有眞正屈服過的人。

記得今年年初，爲了朱西甯先生的《鐵漿》重新出版，勉爲其難地寫過一篇不敢稱之爲序的讀後感，裡面有過這樣一種看似批評其實是衷心的表白：我一直覺得，台灣文學走了張愛玲而沒有走魯迅的道路，是一件非常遺憾的事。

胡風應該算是魯迅的一個重要傳人，雖然他傳的，也許是比較狹隘比較教條的魯迅。我們不可能知道，魯迅當年如果沒有英年早逝，歷史的發展會不會把他推上同樣的斷頭台。但可以確知的是，魯迅死後，能夠通過艱苦勞動（編輯、聯絡等）而又有一定創新才華發展出「七月派」那種比較合理地結合了藝術審美與社會功能的人，除了胡風，不敢作第二人想。

一九三六年八月初，魯迅逝世前兩個半月左右，根據馮雪峰的擬搞（最後採用不到三分之一），寫了一篇一萬多字的長文〈答徐懋庸並關於抗日統一戰線問題〉（收入《且介亭雜文末篇》），對於徐懋庸等誣指胡風爲國民黨特務一點，說了以下一段話：

> 去年的有一天，一位名人約我談話了，到得那裡，卻見駛來了一輛汽車，從中跳出四條漢子，田漢、周起應（按：周揚），還有另兩個，一律洋服，態度軒昂，說是特來通知我，胡風乃是內奸，官方派來的。我問憑據，則說是得自轉向以後的穆木天口中。轉向者的言談，到了左聯就奉爲聖旨，眞使我目瞪口呆……

這一段公案，影響胡風一生，至深且鉅。在歷史上，叫做「兩個口號」事件。

早在西安事變之前，中共便推出了「抗日民族統一戰線」，這固然有助於擺脫國民黨軍隊的圍剿追擊，但全國範圍的抗日救亡，以一九三五年北平學生發動的一二九運動爲例，確已形成時代風潮。當時的左翼文藝戰線，爲貫徹統一戰線的主張，產生了有名的「兩個口號」之爭。

以周揚爲首的中共黨員作家，組織了「文藝家協會」，提出了「國防文學」的口號。魯迅領導的黨外作家群，不滿意這個口號所代表的模糊觀點與立場，不但拒絕參加協會，且授意胡風執筆，寫了〈人民大眾向文學要求什麼？〉提出了與之對抗的口號「民族革命戰爭的大眾文學」。

口號之爭只是表面現象，眞正的關鍵是中共黨的文藝路線與國統區左翼進步文藝工作者親身體會實踐的創作道路之間，暴露了不可彌補的裂痕。這個矛盾，一直延續發展，直到中共建政後，於一九五五年，在毛澤東一手指揮布置下，由周揚主導執行，全面展開清洗。將胡風及主要爲國統區的左翼作家上綱上線予以徹底摧毀，株連兩千一百多人，隔離審查或逮捕下獄。

胡風本人自一九五五年起，被囚於秦城監獄獨身牢房達十年七個月，釋放後又因文革再度下放勞改並關押，到一九七九年釋放時，已經是白髮蒼蒼患有嚴重精神分裂的八旬老人。長達四分之一世紀無休止的審訊、檢查、交代，莫須有的罪名和無窮盡的威脅和折磨，雖未將胡風完全打垮，但所謂「胡風反革命集團」所代表的二戰期間最有創造力的「七月派」，在全國統一應該是最有希望開花結果的建設時代，卻遭遇了一筆勾銷全部抹殺的命運，此中所代表的精神事業與無形資產的損失，確實難以估計。

在台灣歷史斷層中生長的我們這一代，即便有反叛的性格與追求眞相的心情，也只能從三十年代以來未遭國共兩方全面禁絕的斷篇殘簡中搜尋整理苦難民族的思想發展與精神遺存，胡風與阿壠等的文藝理論，路翎的小說與綠原的詩，不但無緣讀到，七月派的大批作家的名字，連聽都沒聽說過。

我自己是直到八十年代中期以後，由於中共新的領導班子決心有限度地糾正過去的失誤，平反大批冤假錯案，才開始注意到這段歷史造成的民族文化的重大損失。又因爲八十年代以來，大陸文藝出版界把工作重點放在新時代的表現，新風格的培養與新作家的發掘上面，對於胡風那一代人，基本上只做到政治上的平反與文化政策上的調整，至於那一代人的作品，究應如何評價，歷史上如何銜接，今後如何繼承，是否有吸收並予以發揚的意義……諸如此類的問題，以及相應的工作，不但沒有人做，連嚴肅的討論都沒見過。

去年是胡風誕生一百週年，胡風故鄉的湖北人民出版社終於給他出了全集，並單獨且無刪節地刊印了胡風直接惹禍上身的《三十萬言書》。如今碩果僅存的重要「胡風分子」綠原，爲這本書寫了一篇長序〈試扣命運之門〉，對這本「上書」所涉及的相關事件作了客觀回憶，對胡風思想的當代意義，也進行了誠懇思考，其中一些重點，不僅對大陸，甚至對照今日台灣的文學現狀，也有可以發人深省之處。我現在以我的語言節錄部分內容，供有興趣的讀者參考。

胡風思想，部分或已成爲明日黃花，但一些普遍性的原則，未必過時。當代文藝工作者似應考慮：

一、是否應把社會生活作爲一個整體來觀察，爭取擴大自己的生活面，儘可能貼近廣大社會，尤其是底層的弱勢群體；

二、在寫作過程中，是否應該考慮外在世界與作者內在世界彼此交流轉化的可能性。胡風的話是這麼說的：「在體現過程裡面，對象的生命被作家的精神所擁入，使作家擴張了自己；但在這『擁入』的當中，作家的主觀一定要主動地表現出或迎合或選擇或抵抗的作用，而對象也要主動地用它的眞實性來促成、修改甚至推翻作家的或迎合或選擇或抵抗的作用，這就引起了深刻的自我鬥爭。經過了這樣的自我鬥爭，作家才能夠在歷史要求的眞實性上得到自我擴張，這是藝術創造的源泉。」

必須了解，胡風的藝術觀，是有的放矢的藝術觀。

三、在各種題材中追求其所蘊涵的重大意義，爭取掌握重大題材，不把小調小品置於主旋律之上。這是針對當年的「題材決定論」（工農兵文學？）提出的異議，但我覺得對今日台灣文壇的風氣，未嘗不可借鑑。

四、講究作家作爲教育者的世界觀的作用，切忌成爲除了自己和自己的孤傲，什麼也不愛，什麼也不懂的一個稻草人似的「純」詩人。

這一項原則，對於台灣近幾十年的文學發展，自然很易引起不必要的爭議。但我相信，幾十年來的台灣文學，日益趨於無人關心之境，不能完全將責任推給媒體多元化、資訊爆炸一類現象，文學和藝術的自動繳械，能無責任？

胡風誕生至今一百零一年。在這一百零一年當中，胡風的一生，以其不幸、冤屈、悲慘所達到的無限深度，而同時又以其堅忍、執著、不屈所達到的人性高度，爲我們後來者樹立了豐碑。

這座豐碑，在其久遠的歷史與教育意義上，對於無論活在世界哪個角落的中國人，尤其是中國人的精神世界，是代表台北物質文明的那座一〇一圖騰，遠遠不能比擬的。

路翎的悲劇

今天在台灣，即使是專業研究文學的，也沒有幾個人知道路翎這個陌生的名字。從事小說創作的台灣作家，我相信，沒有一個人讀過《財主底兒女們》、《飢餓的郭素娥》、《燃燒的荒地》等路翎作品。

路翎是一個在文學史上給政治權力一筆勾銷了的作家，不少人認為，他是四十年代中國產生過的最有可能成為「大作家」的一位「未完成的天才」（朱衍青）。

四十年代一手創造了「七月派」的胡風甚至認為：「時間將會證明，《財主底兒女們》底出版，是中國新文學史上一個重大的事件。」

路翎的朋友，「七月派」的頂尖詩人綠原說：

> （他）是沿著魯迅的「哀其不幸、怒其不爭」的革命人道主義的文學傳統，借鑑古典文學的創作經驗，在廣袤如「泥海」，錯綜如「鐵蒺藜」的現實生活中，通過體驗、思維和創作的綜合實踐，一步一個腳印地拓展著新文學主題未曾開闢的疆域，從而大大豐富了中國新文學的貧瘠的庫藏。

在香港三聯書店一九九四年版的《中國現代作家選集．路翎》卷的序言中，綠原指出：「路翎由於堅持『用心寫作』的創作方法，得罪了『用腦對待文學現象』的批評家，以致得到文學史上最悲慘的遭遇。」

這個「遭遇」的結果是什麼？

我以為，路翎的另一位好朋友冀汸，說得最清楚：

> 一九五五年那場「非人化的災難」（按指「胡風反革命集團事件」），將你一個人變成了一生兩世：第一個路翎雖然只活了三十二歲（一九二三—一九五五），卻有十五年的藝術生命，是一位挺拔英俊才華超群的作家；第二個路翎儘管活了三十九歲（一九五五—一九九四），但藝術生命已銷磨殆盡，幾近於零，是一位衰弱蒼老神情恍惚的精神分裂患者。

（見《路翎印象》，第一八七頁，上海學林出版社，一九九七年）

綠原曾經回憶：

……一段漫長歲月裡，路翎和我曾經同一個院子被單身囚禁了好幾年，一度被安排住在隔壁兩間房。

每天二十四小時，除了睡眠、吃飯、大小便之外，其餘時間都側耳可聞他一直不停地、頻率不變地長嚎；那是一種含蓄著無限悲憤的無言的嚎叫，乍聽令人心驚膽戰，聽久了則讓人幾乎變成石頭……

今年（二〇〇四）一月二十三日是路翎冥誕八十一歲。因爲想到了台、港和大陸整個中文世界裡在精神文化領域呈現的一種虛脫的假面繁榮景觀，深感在此重提一下路翎這位「精神戰士」的悲苦一生，或能觸動有心人的反省思考，未嘗沒有意義。此外，就算完全沒有任何反響，能藉此留下一個紀錄，也是應該的。

路翎出生於江蘇蘇州一個複雜的家庭，父親姓趙，保定醫學院出身，入贅，後自殺身亡。路翎從母姓，原名徐嗣興，外叔祖蔣捷三爲蘇州財富之家，這個背景，是《財主底兒女們》一書的靈感來源。

一九三九年（十七歲）因故被學校開除，此後半生即因無適當學歷而以小職員身分謀生，這一方面固然擺脫不了窮愁潦倒，一方面也讓他接觸了社會底層的形形色色。

十八歲寫〈要塞退出以後〉，爲胡風發掘，發表於《七月》第三集第三期（一九四〇年五月），從此開始一輩子與胡風亦師亦父的密切關係。這也是他第一次使用路翎爲筆名，是爲了紀念自己少年時代一次刻骨銘心的三角戀愛關係中的另兩個人（李露玲和姚牧，姚筆名彤翎）。十九歲完成《財主底兒子們》（原名）約二十萬字的長篇初稿，寄給當時在香港的胡風，在日軍攻襲香港時遺失全部原稿。

二十歲完成中篇《飢餓的郭素娥》。

二十二歲重寫《財主底兒女們》上下兩冊共七十九萬字，一九四八年（二十六歲）在上海由希望社全部出版。

一九四四年（二十二歲）與余明英結婚，後生二女一子。余明英，湖北沙市人，路翎初戀對象李露玲的少年朋友。談到她與路翎的愛情，她說：「不是那麼熱烈，但非常持久。」在路翎的長期牢獄之災和自己經年累月受到政治歧視與經濟壓迫的困苦環境裡，她跟那個時代流行的「爲革命劃清界線」的絕大多數夫妻不同，從頭到尾沒有放棄對路翎的支持。

從一九四〇年到一九五五年，即冀汸所說「有十五年藝術生命」的路翎，三十二歲以前的路翎，僅出版的小說、散文、詩和戲劇等作品，就在兩百萬字以上，這還不包括因戰火散失或以各種筆名發表在抗戰時期各類報刊從未編輯成冊的大量作品。

一九七九年（五十七歲），路翎獲得平反，一九八〇年恢復寫作，到一九九四年（七十二歲）突發腦溢血逝世，大約十五年時間裡，路翎又寫了幾百萬字。但是，這幾百萬字的寫作過程中，卻有時而糊塗時而清醒的現象。據一位訪問過晚年路翎的學者報導，路翎的寫作原稿上，在寫得較爲工整的稿子旁邊，出現一些粗筆道的字跡。前者是正常的敍述，後者則是瘋狂的罵人話，什麼大狗、小狗、狗屎、混蛋之類。

這後半生的幾百萬字的作品，少數曾經發表，但再也不能引起像抗戰時期那樣「在讀者群中引起了騷動，尤其是年輕一代的學生、士兵與工人」，就是眞正關心路翎的「七月派」倖存的一些老朋友，也都看不下去。此外，大批原稿仍留在路翎家人手中，他們拒絕拿出來。

對於今天的我們，以及我們的後代，路翎究竟留下了什麼？可能是比較重要的問題。

爲路翎立傳的朱衍青提到兩點。第一是繼承了魯迅關於國民性改造的思想，用胡風派的說法，叫做「精神奴役的創傷」。胡風說：「在封建主義裡生活了幾千年，在殖民地意識裡生活了幾百年的中國人，那精神上的積壓是沉重得可怕的。」路翎小說最喜歡寫「流浪漢」，就是對人的所謂「原始強力」加以張揚的一種主張，也就是綠原所說的「用心寫作」。作者將全部身心、全部熱情都投入寫作對象之中。這是「五四」以來接受了佛洛伊德、廚川白村、叔本華與尼采等影響的打破「主觀」與「客觀」對立的創作方法；

第二，除了這方面的「原始強力」和「心靈自由」，路翎對產生這種相對自由的社會、歷史與文化環境，進行了挖掘，並對因此產生的小說中的生活厚度，作了大量壓縮，使其產生欲噴不能、不噴又強烈湧動的動態效果，像「冰山」下湧動的巨大張力。

批評家錢理群這麼說：「路翎們的『精神流浪漢氣質』在本質上就是對人的精神自由的永不停息的追求，正是這『不安的靈魂』，把路翎們和他們的先驅者魯迅緊緊聯繫在一起，構成了『精神界戰士』的譜系。」

這個「譜系」，在今時今日，在大陸、港澳、台灣和海外的十幾億以中文爲媒介的人的圈子裡，還找得到嗎？

當然，我必須承認，今天重讀路翎，是會經驗不少困難的。時代背景的隔膜，相當難以超越。路翎的文字，以今天的閱讀習慣而言，也很難吞嚥。這是「未完成天才」的悲劇的一部分，「時代」讓「天才」斷絕了完成的機會。

羅曼羅蘭與托爾斯泰（影響路翎最重要的作家）的書寫方式，對今天的讀者而言，也是難以消化的。

但是，如果因此便一筆勾銷路翎，那才不僅是路翎的悲劇，甚至可以說是中國人永遠的悲劇了。路翎作品中有些堅硬的東西，也許正可以醫治當代文學的虛脫症，要看我們怎麼吸收了。

文學叢書 073

冬之物語

作　　者	劉大任
總 編 輯	初安民
責任編輯	高慧瑩
美術編輯	許秋山
校　　對	劉大任　高慧瑩
發 行 人	張書銘
出　　版	INK印刻出版有限公司 台北縣中和市中正路800號13樓之3 電話：02-22281626 傳真：02-22281598 e-mail:ink.book@msa.hinet.net
法律顧問	漢全國際法律事務所 林春金律師
總 經 銷	成陽出版股份有限公司 訂購電話：03-3589000 訂購傳真：03-3581688 http://www.sudu.cc
郵政劃撥	19000691 成陽出版股份有限公司
印　　刷	海王印刷事業股份有限公司
出版日期	2004年12月 初版

ISBN 986-7420-36-5

定價　240元

國家圖書館出版品預行編目資料

冬之物語／劉大任 著.-－初版，
－－臺北縣中和市：INK印刻，
2004〔民93〕面；　公分（文學叢書；73）

ISBN 986-7420-36-5（平裝）

855　　　　93020478

NK INK INK INK INK INK INK
K INK INK INK INK INK INK IN
NK INK INK INK INK INK INK
K INK INK INK INK INK INK IN
NK INK INK INK INK INK INK
K INK INK INK INK INK INK IN
NK INK INK INK INK INK INK
K INK INK INK INK INK INK IN
NK INK INK INK INK INK INK
K INK INK INK INK INK INK IN
NK INK INK INK INK INK INK
K INK INK INK INK INK INK IN
NK INK INK INK INK INK INK
K INK INK INK INK INK INK IN
NK INK INK INK INK INK INK
K INK INK INK INK INK INK IN
NK INK INK INK INK INK INK
K INK INK INK INK INK INK IN
NK INK INK INK INK INK INK
K INK INK INK INK INK INK IN
NK INK INK INK INK INK INK
K INK INK INK INK INK INK IN
NK INK INK INK INK INK INK
K INK INK INK INK INK INK IN
NK INK INK INK INK INK INK
K INK INK INK INK INK INK IN
NK INK INK INK INK INK INK
K INK INK INK INK INK INK IN

INK INK INK INK INK INK
INK INK INK INK INK INK INK
INK INK INK INK INK INK
INK INK INK INK INK INK INK
INK INK INK INK INK INK
INK INK INK INK INK INK INK
INK INK INK INK INK INK
INK INK INK INK INK INK INK
INK INK INK INK INK INK
INK INK INK INK INK INK INK
INK INK INK INK INK INK
INK INK INK INK INK INK INK
INK INK INK INK INK INK
INK INK INK INK INK INK INK
INK INK INK INK INK INK
INK INK INK INK INK INK INK
INK INK INK INK INK INK
INK INK INK INK INK INK INK
INK INK INK INK INK INK
INK INK INK INK INK INK INK
INK INK INK INK INK INK
INK INK INK INK INK INK INK
INK INK INK INK INK INK
INK INK INK INK INK INK INK
INK INK INK INK INK INK
INK INK INK INK INK INK INK
INK INK INK INK INK INK

INK INK INK INK INK INK
INK INK INK INK INK INK INK
INK INK INK INK INK INK
INK INK INK INK INK INK INK
INK INK INK INK INK INK
INK INK INK INK INK INK INK
INK INK INK INK INK INK
INK INK INK INK INK INK INK
INK INK INK INK INK INK
INK INK INK INK INK INK INK
INK INK INK INK INK INK
INK INK INK INK INK INK INK
INK INK INK INK INK INK
INK INK INK INK INK INK INK
INK INK INK INK INK INK
INK INK INK INK INK INK INK
INK INK INK INK INK INK
INK INK INK INK INK INK INK
INK INK INK INK INK INK
INK INK INK INK INK INK INK
INK INK INK INK INK INK
INK INK INK INK INK INK INK
INK INK INK INK INK INK
INK INK INK INK INK INK INK
INK INK INK INK INK INK
INK INK INK INK INK INK INK
INK INK INK INK INK INK